AF291616

Annie de Vries ist in Den Haag geboren und arbeitet seit dem Abschluss ihres Wirtschaftsstudiums in der Stadtverwaltung von Den Haag. Sie liebt Spaziergänge am Meer, vorzugsweise im Herbst und Winter, heißen Kakao mit (viel) Sahne, vegetarische Kroketten und Falafel.
Mit ihrem Lebensgefährten Rik van der Velde pendelt sie zwischen ihrer Wohnung am Stadtrand von Delft und ihrem Wohnwagen auf einem Campingplatz nahe Westkapelle. Immer an ihrer Seite ist ihr Terrier Foxy.

ANNIE DE VRIES

DER TOD schickt Blumen

Erstausgabe Mai 2024

Copyright © 2024 dp Verlag, ein Imprint der
dp DIGITAL PUBLISHERS GmbH
Made in Stuttgart with ♥
Alle Rechte vorbehalten

Der Tod schickt Blumen

ISBN 978-3-98998-058-7
E-Book-ISBN 978-3-98778-654-9
Hörbuch-ISBN 978-3-98778-655-6

Covergestaltung: Nadine Most
Umschlaggestaltung: ARTC.ore Design
Unter Verwendung von Abbildungen von
stock.adobe.com: © Andreas
shutterstock.com: © Andrey_Kuzmin, © SCOTTCHAN, © E. O.,
© Gizele, © wirakorn deelert, © Philipp Metzner,
© Rudmer Zwerver
Lektorat: Katrin Gönnewig
Satz: dp DIGITAL PUBLISHERS GmbH
Druck und Bindung: Books on Demand GmbH, Norderstedt

An einem Freitagabend kurz vor Mitternacht, irgendwo in Breda

Er nahm die Scheine aus dem Geldautomaten und steckte sie mit dem Anschreiben in den Umschlag, den er bereits mit Einweghandschuhen mitten aus dem Zehnerpack gezogen hatte, um keine Spuren zu hinterlassen. Mit dem Zeigefinger strich er über die Lasche, um sie festzudrücken.

Beiläufig sah er nach links und rechts, um sich zu vergewissern, dass sich niemand in seiner Nähe aufhielt. Dann ging er los, bog um die nächste Ecke und blieb vor einem der Geschäfte in der kleinen Einkaufsstraße stehen. Für den Fall, dass ihn jemand beobachtete, beugte er sich und sah auf seinen linken Schuh. Schließlich kniete er sich hin und gab vor, den scheinbar zu lockeren Schnürsenkel neu zu binden. Dabei schob er den Umschlag unter der Ladentür hindurch, bis nur noch ein kleines Stück nach draußen ragte. Mit dem Fingernagel schnippte er den Umschlag dann so kraftvoll weg, dass der gut zwei Meter weiter über den Boden rutschte und genau mitten im Gang liegen blieb, damit man ihn beim Hereinkommen auf keinen Fall übersah.

Schließlich richtete er sich auf und ging weiter, wobei er auf einem Zickzackkurs die Stadt durchquerte, damit niemand eine Verbindung zwischen dem Mann, der sich vor dem Geschäft hingekniet hatte, und dem Mann herstellen konnte, der gut zwei Kilometer entfernt in seinen an einer Durchgangsstraße abgestellten Wagen einstieg und nach Hause fuhr.

Am Montagmorgen darauf, um zwei Uhr nachts mitten in Zuiderdijk

Die von Kopf bis Fuß in Schwarz gekleidete Gestalt huschte genau zwischen zwei der recht weit voneinander entfernten Laternen über den Deich, sodass weder der von links noch der von rechts kommende Lichtschein sie erfassen konnte. Sie lief die Schräge hinunter und überquerte den Parkplatz, der zur Pension Huis Zonnebloem gehörte. Dort präsentierten sich mindestens drei potenzielle Ziele, doch die standen zu dicht beisammen und würden dem Vorhaben vermutlich gemeinsam zum Opfer fallen. Das wäre zu viel des Guten gewesen, jedenfalls für den Augenblick. Sollte der Plan in der momentanen Form keinen Erfolg erkennen lassen, konnte der Einsatz immer noch erhöht werden.

Die Gestalt lief weiter, überquerte die Straße, auf der um diese Zeit nichts los war, und eilte weiter in Richtung Supermarkt. Gleich dahinter an der Ecke parkte ein Wagen mit dem richtigen Kennzeichen, wie die Gestalt erfreut feststellte.

Im Schatten, den die Laterne auf der anderen Straßenseite warf, legte die Gestalt das mit Benzin getränkte Stoffbündel auf den rechten Vorderreifen des

Wagens und zündete den langen Stoffstreifen an, der
bis auf den Boden reichte. Aus einigen Metern Entfernung sah sie zu, wie die Flammen sich an dem Streifen
nach oben arbeiteten und schließlich das Bündel er-
fassten. Als es eine Stichflamme gab, wandte sich der
Brandstifter ab und verschwand im Dunkel der Nacht.
Ab jetzt war klar, dass die Flammen auf den Motorraum übergreifen würden, lange bevor die Feuerwehr
hier eintraf. Mit ein wenig Glück würde sich das Feuer
auch bis in den Fahrgastraum ausbreiten, aber nötig
war das nicht. Der Wagen würde so oder so als Total-
schaden eingestuft werden, auch wenn die Flammen
„nur" im Motorraum wüten sollten.

1. Kapitel

„Schon wieder?", fragte Knut Hansen, der an seinem üblichen Tisch auf der kleinen Terrasse hinter der Pension Huis Zonnebloem saß. Im angrenzenden Garten hatten die Sonne und die Wärme der letzten drei Wochen dafür gesorgt, dass das Gras in die Höhe geschossen war und ein wilder Mix aus Blumen aller Art farbenprächtig blühte. Meisen, Spatzen und Amseln wuselten auf der Suche nach Essbarem hin und her, während hoch über ihnen die Möwen ihre Bahnen zogen und sich dabei krächzend und kreischend darüber austauschten, wo es am ehesten etwas zu fressen gab. „Das ist doch jetzt schon das dritte Mal in den letzten zwei Wochen, richtig?"

Jenny van Oosterburg, Inhaberin der Pension, nickte grimmig, während sie ihm den Teller Stamppot mit Rookworst servierte. „Das dritte Mal allein hier in Zuiderdijk. Wenn man die Wagen dazurechnet, die unter anderem in Westkapelle, Aagtekerke und Meliskerke in Flammen aufgegangen sind, kommt man schon auf elf. Und immer trifft es die Fahrzeuge unserer Touristen, was noch viel schlimmer ist."

„Weil die dann wegbleiben", murmelte Knut und strich sich über seinen grauen Kinnbart, der ihm etwas Würdevolles verlieh, während seine volle weiße

Mähne etwas von einem Künstler vermittelte. Überhaupt sah der Mann für einen Vierundachtzigjährigen so blendend aus, dass man ihn gut und gerne fünfzehn Jahre jünger geschätzt hätte.

„Eben. So was ist keine gute Werbung", sagte sie. „Die Polizei tappt noch immer im Dunkeln."

„Vielleicht sollten Sie die Ermittlungen übernehmen, Jenny", schlug der Mann vor, dem der deutsche Einschlag bei der Aussprache kaum noch anzuhören war. Allerdings lebte er auch schon so lange hier, dass er mittlerweile vermutlich in seiner deutschen Heimat nach dem einen oder anderen richtigen Begriff suchen musste. „Sie haben doch schon erfolgreich zwei Morde aufgeklärt … Nein, warten Sie, es waren drei Morde, nicht wahr?"

Jenny lächelte fast ein wenig verlegen. „Anfängerglück", sagte sie ausweichend, da sie über ihre Erfolge als inoffizielle Ermittlerin nicht gern redete. Natürlich freute es sie, wenn es gelang, einen Mörder zu überführen, damit er für sein Verbrechen bestraft wurde. Aber es änderte nichts daran, dass zuvor Menschen hatten sterben müssen, die niemandem etwas getan hatten – und selbst wenn die ihrerseits einem anderen das Leben genommen hätten, wäre es keine Rechtfertigung gewesen, mit ihnen genauso zu verfahren.

„Anfängerglück?", wiederholte Knut amüsiert. „Kommen Sie, Jenny. Selbst wenn nur ein Bruchteil von dem zutrifft, was man sich über Ihr kriminalistisches Gespür erzählt, können Sie es mit der Polizei locker aufnehmen. Schließlich waren Sie diejenige, die auf der richtigen Spur war. Die Polizei hätte sich doch vor allem mit dem Zeeland-Ripper gnadenlos blamiert."

Jenny winkte lachend ab. „Erinnern Sie mich bloß nicht daran. Da hätte ich mit meinem Tipp auch ganz böse auf die Nase fallen können."

„Ah, wenn man vom Teufel spricht", redete Knut weiter. „Da kommt schon die Polizei. Bestimmt braucht man Ihren Rat, Jenny."

Sie lächelte ihn an und schüttelte den Kopf. „Das glaube ich eher nicht. Das ist unser neuer Wijkagent Wim Houtmans", sagte sie, gerade als der junge uniformierte Polizist zu ihr an den Tisch kam und mit zwei Fingern zum Gruß an den Schirm seiner Dienstmütze tippte.

„Hallo, Jenny", begrüßte er sie.

„Hallo, Wim. Darf ich Ihnen einen unserer Stammgäste vorstellen? Knut Hansen, kommt aus Bremerhaven und lebt seit über zwanzig Jahren als Dauercamper auf Vissers' Campingplatz."

„Vissers? Ist das Camper's Delight?", fragte der Polizist und strich sich nachdenklich über seinen Schnauzbart, der ihn noch mehr wie Tom Selleck in Magnum aussehen ließ, als es ohnehin schon der Fall war.

„Richtig", bestätigten Jenny und Knut im Chor.

„Schöner Platz", sagte Wim. „Keiner von der Sorte, bei denen jeden zweiten Tag die Polizei auftauchen muss, um für Ruhe zu sorgen."

„Es gibt halt auch noch normale Menschen", meinte Knut und fragte gleich darauf: „Was ist überhaupt ein Wijkagent? Ich glaube nicht, dass ich das schon mal gehört habe."

„Streng genommen ist der Begriff hier auch nicht richtig", räumte Houtmans ein. „Eigentlich ist ein Wijkagent jemand, der in einer größeren Stadt immer im selben Viertel unterwegs ist. Dadurch lernt er die Menschen dort besser kennen, und er kann bestimmte Situationen leichter einschätzen, wenn es darum geht, ob eine Hundertschaft anrücken soll oder ob nicht eher drei Streifenwagen genügen. Außerdem haben die Menschen immer denselben Ansprechpartner, was für mehr Vertrauen in die Polizei sorgen soll."

„Tut es das auch?"

„Mehr Vertrauen, meinen Sie?", fragte der Polizist und nickte bestätigend. „Das funktioniert wirklich. Es ist viel einfacher, kleine Konflikte zu lösen und die Ruhe wiederherzustellen, wenn jemand mit den Beteiligten redet, der sie auch kennt." Er zuckte mit den Schultern. „Aber hier ist meine Aufgabe eher, schneller an Ort und Stelle zu sein als die Kollegen, die irgendwo mit dem Streifenwagen unterwegs sind."

Knut zog die Augenbrauen hoch. „Aber in Zuiderdijk passiert doch nicht jeden Tag etwas."

„Oh, ich bin ja nicht nur hier in Zuiderdijk eingesetzt", stellte Houtmans klar. „Ich bin eigentlich immer von Dorf zu Dorf unterwegs und sehe nach dem Rechten. Allerdings gehe ich davon aus, dass ich mit Beginn der Osterferien häufiger da anzutreffen sein werde, wo die meisten Urlauber sind."

„Dann werden wir uns ja noch häufiger sehen", meinte Knut, prostete ihm und Jenny mit seinem Glas Trappistenbier zu, dann begann er zu essen.

„Sind Sie eigentlich hergekommen, weil Sie hier Ihre Mittagspause verbringen wollen, Wim?", wollte Jenny von dem Polizisten wissen. „Oder geht es um den ange-zündeten Wagen von letzter Nacht?"

„Ersteres wäre mir lieber, aber der Wagen ist leider der Grund, warum ich eine Runde durchs Dorf machen muss“, antwortete der junge Mann und verzog den Mund. „Auch wenn ich davon ausgehen muss, dass niemand etwas gesehen hat, muss ich trotzdem so viele Leute befragen, wie es machbar ist. Haben Sie heute Morgen im Dorf zufällig irgendwelche Äußerungen mitbekommen, ob jemandem etwas Ungewöhnliches aufgefallen ist? Irgendein fremder Wagen, der nur kurz irgendwo geparkt hat?“

Jenny schüttelte nur seufzend den Kopf. „Es ist ja immer das Gleiche. Bis jemand von dem rötlichen Lichtschein in seinem Schlafzimmer aufwacht, steht der Wagen schon längst komplett in Flammen, und der Brandstifter ist weit weg ... oder gleich nebenan“, fügte sie nachdenklich an. „Ich meine, es kann ja auch jemand hier aus dem Dorf sein, der etwas gegen die Touristen hat.“

„Obwohl alle von ihnen profitieren“, hielt Wim dagegen.

„Mehr oder weniger“, stimmte Jenny ihm zu. „Wir haben ja zum Glück keine zwei Dutzend Kneipen rund um die Kirche verteilt. Wenn ich überlege, was woanders los ist, wo die Touristen nur hinfahren, um sich zu betrinken, dann können wir uns hier in Zuiderdijk nicht beklagen.“

„Und trotzdem richten sich die Brandanschläge bislang gegen Autos aus Deutschland, Belgien und Frankreich“, sagte Wim und wandte sich an Knut. „Meneer, haben Sie irgendetwas gesehen oder gehört? Ich weiß, der Campingplatz liegt ein Stück von Zuiderdijk entfernt, aber Sie könnten ja theoretisch etwas Ungewöhnliches beobachtet haben."

Knut schüttelte nachdrücklich den Kopf. „Ich lege mich jeden Abend um zehn Uhr ins Bett und schlafe bis sieben Uhr durch. In dieser Zeit höre ich nichts. Ich würde nicht mal hören, wenn ein Polizeiwagen mit Sirene über den Campingplatz rasen würde."

„Da sind Sie zu beneiden", sagte der Polizist lächelnd, dann setzte er eine ernste Miene auf. „Nach diesem erneuten Vorfall ist beschlossen worden, dass Fahrzeuge mit ausländischem Kennzeichen bis auf Weiteres nicht mehr in unmittelbarer Nähe zu Gebäuden oder Grünanlagen oder unter Bäumen parken dürfen. Sie dürfen auch nicht zu dicht neben anderen Fahrzeugen parken. Bislang hat sich der Brandstifter damit begnügt, einzeln abgestellte Autos anzuzünden, aber wir können nicht davon ausgehen, dass er das auch so beibehalten wird. Wir dürfen daher nicht riskieren, dass die Flammen auf ein Gebäude überspringen oder dass aus einem brennenden Auto gleich drei brennende Autos werden." Mit einer Kopfbewegung deutete er in Richtung Deich. „Falls Sie momentan Gäste aus dem Ausland haben, sagen Sie ihnen bitte, dass sie nur da am Straßenrand parken sollen, wo die Flammen auf ihre eigenen Autos beschränkt bleiben."

Jenny zog die Augenbrauen hoch. „Das wird den Leuten nicht gefallen."

„Dass sie so parken sollen?", fragte der Polizist.

„Nein, dass die Polizei davon ausgeht, dass alle anderen Wagen auch noch abgefackelt werden könnten", sagte sie. „Ich schätze, der eine oder andere wird dann wohl lieber abreisen." Sie zuckte flüchtig mit den Schultern. „Die Osterferien haben noch nicht angefangen, und es sind noch nicht viele Touristen hier. Also ist das Risiko hoch, dass es übernächste Nacht einen von ihnen erwischt, und ich würde so ein Risiko ganz sicher nicht eingehen wollen."

Wim nickte verständnisvoll. „Leider haben wir noch nicht den Hauch einer Ahnung, wer dahintersteckt und nach welchem Prinzip er vorgeht – falls er nach einem Prinzip vorgeht."

„Also, ich würde so ein Risiko nicht eingehen", meldete sich Knut zu Wort, der seinen Teller bereits zur Hälfte leer gegessen hatte. „Dann ist mir ja die kuriose Überraschung lieber, die mir letzte Nacht bereitet worden ist."

„Was für eine Überraschung?", fragte Jenny erstaunt. „Sie hatten gar nichts erwähnt."

„Ach, als ich heute Morgen aus meinem Wohnwagen kam, lag ein Strauß Tulpen auf der obersten Stufe vor der Eingangstür. Schwarze Tulpen. Zehn Stück", betonte er. „Ausgesprochen schön, muss ich sagen. Nur weiß ich noch nicht, wer meine heimliche Verehrerin ist."

„Na, die wird sich bestimmt bald zu erkennen geben, wenn sie mitbekommt, dass Sie bei Ihren Nachbarn auf dem Campingplatz herumfragen", sagte Jenny.

„Tja, hoffentlich ist sie nicht älter als ich", gab Knut schmunzelnd zurück.

„Wäre das ein Problem für Sie?", fragte Wim verwundert.

Knut hob abwehrend eine Hand. „Sie wissen doch, wie die Leute reden, wenn sich eine ältere Frau einen jungen knackigen Liebhaber zulegt. Das wäre mir etwas unangenehm, muss ich sagen."

Während Knut todernst blieb, konnte Jenny nicht anders als breit zu grinsen, was vor allem daran lag, dass der Polizist ihren Stammgast unschlüssig ansah. Ganz offenbar wusste er nicht, ob er Knuts Worte für bare Münze nehmen sollte oder nicht.

„Erlösen Sie ihn", sagte Jenny schließlich.

„Da hab ich Sie aber rangekriegt, wie?", rief Knut ihm lachend zu.

„Allerdings", musste Wim grinsend gestehen. „So was sollte mir eigentlich nicht passieren."

„Sie müssen einfach mehr Zeit mit mir verbringen, junger Mann", meinte Jennys Stammgast, der sich bestens amüsierte. Dann wurde er wieder ernst. „Ich will aber erst recht nicht hoffen, dass irgendeine Sechzigjährige mit mir anbandeln will. Mit so jungem Gemüse kann ich nichts anfangen."

Wieder zog Wim die Augenbrauen zusammen und musterte den älteren Mann eindringlich.

„Das ist mein Ernst, junger Mann", sagte Knut nach einer kurzen Pause. „Da liegt eine ganze Generation dazwischen, und ich habe mit meinen vierundachtzig Jahren ganz andere Interessen als jemand, der fast ein Vierteljahrhundert jünger ist."

„Interessant", sagte Wim nachdenklich. „Ich hatte eigentlich erwartet, dass solche unterschiedlichen Einstellungen mit dem Alter verschwimmen würden."

„Ganz im Gegenteil", machte Knut ihm klar und aß den letzten Happen auf. „Für eine typische Sechzigjährige bin ich ein alter Knacker. Ich könnte ja praktisch ihr Vater sein, und so was wollen die sich genauso wenig vorstellen wie ich." Er zuckte mit den Schultern. „Aber vielleicht sind die Tulpen ja auch für jemand anders gedacht und nur zufällig vor meinem Wohnwagen gelandet, und am Nachmittag klopft jemand an meine Tür und erklärt mir, dass das nur ein Irrtum war. Was mir ehrlich gesagt lieber wäre, denn ich habe keine große Lust auf Kontakte zu anderen Touristen. Ich fahre schließlich nicht ins Ausland, um mich da mit anderen deutschen Touristen zu unterhalten. Wenn, dann will ich was vom Land sehen und mit den Leuten reden, die da leben." Dann stand er auf, trank den letzten Schluck Bier und verkündete: „Und jetzt kehre ich erst mal in meinen Wohnwagen zurück und halte meinen Mittagsschlaf, damit ich ausgeruht bin, wenn sich die zukünftige Dame meines Herzens später am Tag bei mir blicken lassen sollte."

„Viel Erfolg", riefen Jenny und Wim ihm gleichzeitig hinterher. Er winkte ihnen über die Schulter zu und verließ das Grundstück der Pension in Richtung Marktplatz.

„Ein rüstiger älterer Herr, muss ich sagen", bemerkte der Polizist.

„Stimmt, und sein Alter sieht man ihm auch nicht an", ergänzte Jenny.

„Ich hoffe, hier ist nicht von mir die Rede", ertönte eine amüsierte Stimme hinter ihnen, die Jenny bestens bekannt war.

Sie drehte sich um und begrüßte ihren guten Freund Rainer Trompeter mit einer herzlichen Umarmung, während der Polizist sich mit einer knappen Geste verabschiedete und weiterging. „Nein, von dir war nicht die Rede", versicherte sie Rainer auf dem Weg zurück in die Pension. „Wir sprachen über deinen Landsmann Knut Hansen."

„Dann kann ich nur zustimmen. Den würde wohl kaum einer auf über achtzig schätzen. Ich wünschte, ich würde in dem Alter auch noch so frisch und munter aussehen."

„Wer sagt, dass du das nicht tun wirst?"

„Netter Versuch, Jenny", sagte er lachend. „Aber dafür müsste ich jetzt noch schnell mit einer sehr langen Frischzellenkur anfangen, damit ich nicht länger älter aussehe, als ich bin."

„Tust du doch gar nicht", protestierte sie.

„Tu ich doch", beharrte Rainer. „Aber notfalls kann ich mir immer noch meine eigene Maske modellieren, die mich wieder wie zwanzig aussehen lässt."

„Tja, es hat seine Vorteile, ein international angesehener Maskenbildner zu sein", sagte sie und schlenderte neben ihm her in Richtung Eingang zu ihrer Pension.

„Das kannst du laut sagen", erwiderte er und grinste sie an. „Vor allem dann, wenn einem sein Ruf vorauseilt."

„Klingt ganz so, als wäre dein Termin gestern in Hilversum gut gelaufen." Sie betraten die Pension, Jenny ging hinter die Empfangstheke und warf einen Blick auf den Monitor, um zu sehen, ob Mails eingegangen waren.

„Das kann man so oder so sehen", sagte er und lehnte sich gegen die Theke. „Ich meine, ich bin hergekommen, um ein paar Monate meine Ruhe zu haben, und jetzt habe ich ein neues Engagement."

„In den Staaten?", fragte sie erschrocken. „Musst du schon wieder abreisen?"

Hastig hob er abwehrend die Hände. „Nein, nein, keine Sorge. So schnell wirst du mich nicht los. Allerdings werde ich dir nicht jeden Tag stundenlang auf die Nerven gehen können. Im Studio in Hilversum wird demnächst eine neue Fernsehserie gedreht, die erst mal auf fünf Jahre angelegt ist. Fantasy, und das heißt jede Menge Masken und jede Menge Arbeit für mich."

„Fünf Jahre?", wiederholte sie und zog beeindruckt die Augenbrauen hoch. „Und was ist mit deiner Arbeit in Hollywood? Dann kannst du doch da gar nichts mehr tun."

„Kein Problem", sagte er und winkte gelassen ab. „Meine Jungs haben da alles fest im Griff, und was hier entsteht, ist ja auch eine internationale Produktion. Einer der Produzenten kennt mich noch aus den Staaten und war völlig begeistert, als er meinen Namen auf dem Terminplan entdeckt hatte. Er hat mich engagiert, ohne dass ich irgendetwas tun musste."

„Meinen Glückwunsch." Jenny lächelte ihn strahlend an. „So viel also zum Thema Auszeit."

„Ach, das ist sogar ganz gut, dass sich das ergeben hat", sagte er und griff nach der Tageszeitung, die auf der Theke lag. „Nichtstun ist auf Dauer auch nicht das Wahre, und da es hier nicht jede Woche einen neuen Mord aufzuklären gibt, gehen mir allmählich die Freizeitbeschäftigungen aus."

„Na ja, einen Mord kann ich dir nicht bieten, aber letzte Nacht wurde wieder ein Auto angezündet."

„Touristen?"

Sie nickte ernst. „Leider ja. Wenn der Feuerteufel nicht bald gefasst wird, werden sich unsere ausländischen Touristen andere Ziele im Land suchen. Wer will schon für ein paar Tage ans Meer fahren, wenn er nicht weiß, ob er noch ein fahrbereites Auto hat, wenn es wieder nach Hause geht?"

„Kann ich verstehen. Allerdings mache ich mir jetzt Sorgen um meinen Wagen. Der hat schließlich auch ein deutsches Kennzeichen, und es wird den Brandstifter sicher nicht interessieren, wenn ich einen Zettel mit der Aufschrift ‚Bin kein Tourist' ans Fenster klebe."

„Oh, stimmt", murmelte Jenny erschrocken. „Daran hatte ich gar nicht gedacht. Warte mal!" Sie schnippte mit den Fingern. „Na, klar. Ich werde da drüben bei Meneer de Gieter nachfragen. Der hat vor Ewigkeiten seinen Führerschein abgegeben und seinen Wagen verkauft. Wenn er die Garage nicht für irgendwas anderes benutzt, kannst du deinen Wagen bestimmt da reinstellen. Dann ist er vor dem Verrückten in Sicherheit."

Schmunzelnd erwiderte Rainer: „Dann wollen wir nur hoffen, dass es nicht dieser de Gieter ist, der hier überall die Autos anzündet."

„Dann müsste er schon einen Turbomotor in seinen Rollator eingebaut haben, um sich schnell genug vom Tatort zu entfernen", sagte sie lachend. „Ich soll dir übrigens einen schönen Gruß von Knut bestellen. Er ist momentan auf der Suche nach seiner Verehrerin!"

„Verehrerin?", fragte Rainer verwundert.

„Kuriose Geschichte. Erzähle ich dir bei einem Teller Erbsensuppe."

„Unox?"

„Was anderes kommt hier nicht auf den Teller", sagte sie mit einem Augenzwinkern und kam hinter der Theke hervor, um in die Küche zu eilen.

2. Kapitel

„Tja, und heute Morgen lag da ein Strauß mit sieben schwarzen Tulpen", berichtete Knut, als er am Donnerstag wieder im Huis Zonnebloem einkehrte, um dort wie gewohnt zu Mittag zu essen.

„Schon wieder ein Strauß?", fragte Jenny erstaunt, während sie ihm sein Bier hinstellte. „Und wieso jetzt sieben Tulpen?"

„Vermutlich, weil es am Dienstag neun und gestern acht Tulpen waren. Eine andere Erklärung habe ich auch nicht dafür."

„Also ... eine Art Countdown?", überlegte sie und zog die Augenbrauen zusammen. „Ein Countdown für wen oder was?"

Knut setzte eine gespielt verzückte Miene auf, als er erwiderte: „Für eine Begegnung mit der Frau meines Lebens. Oder besser gesagt: mit der zweiten Frau meines Lebens, nachdem meine erste Frau vor viel zu vielen Jahren von ihrem Schöpfer zu sich gerufen wurde." Bei den letzten Worten war er wieder sehr ernst geworden. „Um ehrlich zu sein, wäre mir alles lieber als eine Begegnung mit einer zweiten Traumfrau. Ich bin zu alt, um mich noch einmal auf eine Beziehung einzulassen."

„Ach, warten Sie einfach ab, was passiert", riet Jenny ihm. „Früher oder später muss sich Ihre Verehrerin ja zu erkennen geben. Der Aufwand, den sie betreibt, ist doch einfach viel zu groß, nur um Sie in Verwirrung zu stürzen. Oder ..." Mit einem Mal stutzte sie. „Verzeihen Sie bitte meine indiskrete Frage, aber ... könnte jemand auf Ihr Erbe auf sein?"

„Mein Erbe?", wiederholte Knut und musste unwillkürlich lachen. „Mein Erbe besteht aus einem Wohnwagen, der seit 1975 nicht mehr von der Stelle bewegt worden ist. Hätte ich nicht diesen Stellplatz auf diesem Campingplatz, dann würde ich daheim in einer Eineinhalbzimmerwohnung sitzen und an die Wand starren, weil ich mir sonst nichts leisten kann." Er schüttelte den Kopf. „Da ist kein Erbe. Wie kommen Sie eigentlich auf diesen Gedanken?"

„Ich hatte mich nur gerade gefragt, ob diese Sache mit den schwarzen Tulpen vielleicht irgendeine Art von Spiel sein soll, mit dem man Sie in Verwirrung stürzen will", erklärte Jenny. „Ich dachte an einen Enkel, der es nicht abwarten kann, endlich seinen Anteil am Erbe kassieren zu können. Erst legt er Ihnen die Tulpen vor die Tür, später macht er Ihnen dann weis, Sie hätten die Tulpen doch selbst gekauft, so wie Sie es doch immer machen, und offenbar hätten Sie vergessen, dass Sie die Tulpen gar nicht in den Wohnwagen mitgenommen haben. Wissen Sie, was ich meine?"

„O ja, ich verstehe schon." Er nickte bedächtig. „Sie reden von gemeinen Psychotricks, die mich glauben lassen sollen, dass ich allmählich den Verstand verliere. Nein, so was würde bei mir nicht funktionieren. Aber das muss es auch gar nicht, weil niemand da ist, der mich um mein Erbe erleichtern könnte."

„Gut, dann wird es doch eine Verehrerin sein, die Ihre Aufmerksamkeit auf sich zu lenken versucht“, sagte Jenny beruhigt.

„Das ist ihr schon gelungen“, meinte Knut. „Sie könnte sich auch genauso gut morgen zu erkennen geben. Ich komme nicht dahinter, wer diese Frau ist. Es ist egal, wie oft ich nachts aufstehe und die Umgebung beobachte, irgendwie gelingt es ihr, die Blumen abzulegen und zu verschwinden, ohne dass ich auch nur einen Schemen vorbeihuschen sehe. Ich meine, die Frau wird ja nun sicher keine Sprinterin sein, die in zwölf Sekunden hundert Meter rennt. Sie wird auch ihre Zeit brauchen, bis sie von ihrem Wohnwagen bei meinem ankommt. Zumal ich ja weiß, dass es von den Frauen in der näheren Umgebung niemand sein kann. Da ist keine alleinstehend, und ich gehe mal davon aus, dass sie das schon sein dürfte. Oder lacht man sich mit fünfundsiebzig noch einen Liebhaber an? Und dann noch einen, der fast zehn Jahre älter ist?“

„Knut, Sie zerbrechen sich viel sehr den Kopf darüber“, sagte Jenny in einem beschwichtigenden Tonfall. „Warten Sie einfach ab, was kommt.“

„Stimmt auch wieder. Ändern kann ich es ja sowieso nicht“, entgegnete Knut und klang so, als hätte er sich letztlich in sein Schicksal gefügt.

„So wenig, wie Sie am Tagesgericht ändern können“, stimmte sie ihm grinsend zu. „Gefüllte Pfannkuchen.“

„Mit was gefüllt?“, hakte er mit argwöhnischer Miene nach.

„Gehacktes mit Tomatenmark.“

„Hmm, das klingt gut“, fand Knut.

„Und es schmeckt auch gut“, warf Rainer ein, der eben aus seinem Zimmer im Dachgeschoss gekommen war und an Jenny vorbeiging, um sich an den nächsten Tisch zu setzen.

„Rainer wird dafür bezahlt, dass er so was erzählt“, sagte Jenny im Scherz. „Darum lobt er alles, was es hier zu essen gibt.“

„Kommen Sie, setzen Sie sich zu mir, Rainer“, forderte Knut ihn auf, gerade als der nebenan Platz nehmen wollte. „Ich nehme auch diese gefüllten Pfannkuchen, dann können wir darüber fachsimpeln, wie gut sie wirklich sind.“

„Hm, bei dem, was Jennys Küche so alles hervorbringt“, gab Rainer zurück, „können wir eigentlich nur darüber fachsimpeln, *dass* sie extrem gut und lecker sind. Ich habe in den Monaten, seit ich hier bin, noch nichts serviert bekommen, was mir nicht oder nur halbwegs geschmeckt hat.“

„Geschickt den Kopf aus der Schlinge gezogen, die der gute Knut aufgehängt hat“, stellte Jenny fest. „Gut gemacht, Rainer.“

„Tue ich doch gern“, sagte er und zwinkerte ihr zu, wobei er offenließ, was genau es war, was er gern tat. Er wechselte den Tisch und setzte sich zu Knut. Während Jenny in die Küche zurückging, sagte er zu Knut: „Ich finde das wirklich faszinierend, dass Sie schon seit zwanzig Jahren auf diesem Campingplatz leben. Wie hat sich das ergeben? Und ist das nicht auf Dauer ein ziemlich teures Vergnügen?“

„Wenn man das Glück hat, mit dem Betreiber des Platzes eine gute Vereinbarung zu treffen, dann ist es nicht ganz so wild", sagte Knut und lächelte geheimnisvoll.

„Und wie stellt man das an?", wollte Rainer wissen.

„Dafür muss ich etwas weiter ausholen, nämlich bis ins Jahr 1964, als ich gerade mal sechsundzwanzig war", begann er zu erzählen. „Ich arbeitete damals fürs Fernsehen und nebenbei für eine Tageszeitung. Von unserem Sender waren wir im Frühjahr 64 eigentlich nach Belgien geschickt worden, um einen Bericht über Oosteinde zu drehen. Um das Geld für die Übernachtungen zu sparen, fuhren wir zu drei Mann in der Nacht los, aber unser Fahrer verlor die Orientierung. Als wir aufwachten, standen wir zwar am Meer, aber nicht Belgien, sondern hier in Zuiderdijk."

„Da hatte Ihr Fahrer das Ziel aber deutlich verfehlt", stellte Rainer fest.

„Ja, und das war noch nicht alles", fuhr der andere Mann fort. „Unser VW-Bus hatte unterwegs Öl verloren, und der Motor hatte nur noch bis zum Deich durchgehalten. Dann konnten wir ihn wegwerfen. Als wäre das noch nicht genug gewesen, fiel unser Fahrer Georg beim Aussteigen so unglücklich aus dem Wagen, dass er sich einen komplizierten Becken- und Beinbruch zuzog. Er musste ins Krankenhaus gebracht werden, und Kameramann Achim und ich waren auf uns allein gestellt. Georg war auch derjenige, der diese Reportage erledigen sollte. Da ich von der Kamera keine Ahnung hatte und Achim leicht stotterte, wenn er nervös war, beschlossen wir, statt über Oosteinde über Zuiderdijk zu berichten." Er machte eine ausholende Geste. „Dummerweise gab es 1964 nur ein Viertel von dem, was heute Zuiderdijk darstellt. Touristen kamen hier keine hin, weil das Dorf praktisch gar nicht wahrzunehmen war."

„Aber es gab doch den Campingplatz, oder nicht?", warf Rainer ein.

„Ja, der war drei Wochen zuvor eröffnet worden", bestätigte Knut. „Und es herrschte gähnende Leere. Niemand wusste von der Existenz dieses Campingplatzes, weil Arie Vissers das Ganze ziemlich naiv angegangen war. Er dachte, er macht den Platz auf, und dann kommen die Leute schon ganz von selbst. Aber er hatte keine Anzeigen geschaltet, keine Pressemitteilungen an die Zeitungen verschickt – einfach gar nichts." Er zuckte flüchtig mit den Schultern. „Nicht jeder wird als Geschäftsmann geboren. Bei Arie Vissers sollte es noch ein wenig dauern, bis er zum Geschäftsmann wurde. Da wir in unserem Bus voller Geräte nicht übernachten konnten, schlug Vissers uns vor, uns ein Zelt kostenlos zur Verfügung zu stellen, wenn wir im Gegenzug eine Reportage über den Campingplatz machen. Wir riefen in der Redaktion an, und da war man einverstanden. Es blieb uns ja auch nichts anderes übrig, schließlich war unser Reporter in irgendeinem Krankenhaus, und unser Wagen war zu nichts mehr zu gebrauchen. Was wir dann drehten, war am Ende ein richtiger Werbefilm geworden. Eigentlich wollten wir den Beitrag ein bisschen ironischer anlegen, so in der Richtung, wie man einen Campingplatz eben nicht eröffnet. Aber im Lauf der folgenden Tage entwickelte der Beitrag ein Eigenleben, allerdings auf genau die richtige Weise. Genauso wie der Zeitungsartikel, den ich nebenbei auch noch schrieb, entpuppte sich der Beitrag als Volltreffer für

Vissers und seinen Campingplatz. Kaum war die Sendung gelaufen und die Zeitung erschienen, setzte ein Ansturm auf Zuiderdijk ein. Der Campingplatz war während der gesamten Sommerferien bis hin zu den Herbstferien komplett ausgebucht."

„Wow", murmelte Rainer beeindruckt.

„Das Problem war nur, dass Zuiderdijk als die unmittelbar angrenzende Ortschaft nichts zu bieten hatte, was Touristen erwarteten. Es gab nur eine kleine Kneipe, die gerade mal groß genug war für die zwei Dutzend Männer aus dem Dorf, wenn die nach getaner Arbeit auf dem Heimweg noch ein oder zwei Bier trinken wollten. Die war aber nicht den fünfzig bis sechzig Familien gewachsen, die auf dem Campingplatz ihr Zelt oder den Wohnwagen stehen hatten."

„Und was haben die Bewohner gemacht?"

„Improvisiert. Sie haben spontan Stände aufgebaut und Essen aus der eigenen Küche angeboten. Sie haben in aller Eile das herangeschafft, was Touristen für gewöhnlich in einem Ort kaufen, der am Meer liegt. Die Gefahr bestand ja, dass die Leute zwar in Zuiderdijk campen, morgens aber nach Westkapelle fahren, den Tag dort verbringen und da auch das Geld ausgeben, das sie ins Land bringen. Das musste verhindert werden, also legten sich die Menschen aus Zuiderdijk ins Zeug, um den Touristen etwas zu bieten."

„Wirklich interessant, muss ich sagen", kommentierte Rainer. „Wenn man bedenkt, wie durchorganisiert die Tourismusbranche ist, möchte man kaum glauben, dass man damals noch improvisieren musste.

Aber was hat das mit Ihrer Vereinbarung mit dem Betreiber des Campingplatzes zu tun? Und was genau haben Sie mit ihm vereinbart?"

Knut machte eine vage Geste. „Vissers war davon überzeugt, dass es ohne meine Reportage und den Zeitungsartikel nie zu diesem Ansturm auf seinen Campingplatz und als Folge davon nie zu diesen Touristenströmen gekommen wäre, die sich durch die wenigen Straßen von Zuiderdijk wälzten. Ich sehe das zwar etwas anders …"

„Inwiefern anders?"

„Insofern anders, als ich glaube, dass dieser Trend nur mit ein paar Jahren Verspätung so oder so eingesetzt hätte", argumentierte er. „Die Touristen hätten in den umliegenden Orten keine Stellplätze mehr bekommen und wären nach und nach auf Vissers' Platz ausgewichen. Spätestens dann hätten sie festgestellt, dass sie hier auch nur den Deich überqueren müssen, um ans Meer zu gelangen."

Rainer bewegte zweifelnd den Kopf hin und her. „Das hätte aber sicher viele Jahre gedauert, wenn das sozusagen eine natürliche Entwicklung gewesen wäre."

„Tja, es ist egal, was Sie und ich glauben", sagte Knut achselzuckend. „Letztlich ist das alles nur graue Theorie, weil wir nur raten und vermuten können. Wissen tun wir es nicht, aber ich weiß, was es mir damals eingebracht hat – und das hätte es mir nicht eingebracht, wenn es eine natürliche Entwicklung gewesen wäre. Vissers, der Großvater des heutigen Betreibers, war mir für den Touristenansturm so dankbar, dass er mir im

Jahr darauf den besten Stellplatz auf dem ganzen Gelände vermietete – auf Lebenszeit und für einen symbolischen Beitrag von zehn Gulden pro Jahr."

„Das ist ja geschenkt", meinte Rainer erstaunt.

„Sogar mehr als geschenkt. Zu der Zeit waren gut zwei Drittel aller Stellplätze schon auf fünf bis sechs Jahre im Voraus reserviert, und für die verlangte er pro Tag deutlich mehr als die zehn Gulden, die ich im Jahr bezahlen sollte. Ich bin auf das Angebot eingegangen, habe in den nächsten paar Jahren auf diesem Luxusstellplatz mein mickriges Zelt aufgebaut, das ich mir zu der Zeit leisten konnte. Dann lernte ich meine spätere Frau kennen, sie war von Zeeland genauso begeistert wie ich, also sparten wir jeden Groschen, bis wir uns einen Wohnwagen kaufen konnten, den wir dann dort abstellten, ohne ihn jemals wieder mitzunehmen. Nach dem Tod meiner Frau habe ich unsere Wohnung aufgelöst und bin in den Wohnwagen umgezogen. Mehr als den Wagen brauche ich nicht."

„Und Sie zahlen heute immer noch zehn Euro?"

„Gulden", korrigierte Knut ihn. „Ich zahle immer noch zehn Gulden. Als der Euro kam, habe ich einen Stapel Zehn-Gulden-Scheine zur Seite gelegt, um dem Vertrag entsprechend weiter meine Platzmiete zu zahlen."

„Und Vissers kam nie auf die Idee, mehr Platzmiete zu verlangen?", fragte Rainer ungläubig.

„Arie Vissers nicht, und auch nicht sein Sohn Stef und sein Enkel Victor, dem der Platz heute gehört", bekräftigte Knut. „Ich habe von mir aus angeboten, wenigstens ein bisschen mehr zu zahlen, vielleicht hundert

Gulden statt nur zehn. Ich habe auch angeboten, auf einen Teil des Stellplatzes zu verzichten, wenn in der Hochsaison jeder Quadratmeter heiß begehrt ist. Aber Arie Vissers war nicht bereit, von dem abzuweichen, was vertraglich festgelegt worden war."

„Ein Mann, der zu seinem Wort steht", murmelte Rainer anerkennend.

„Aus gutem Grund", sagte Knut nach einer kurzen Pause, die so wirkte, als wäre er sich nicht sicher, ob er darüber reden sollte oder nicht. „Als er die Leitung an seinen Sohn abgab, um seinen Lebensabend auf Mallorca verbringen zu können, vertraute er mir etwas an. In den Sechzigern, als er selbst auch noch ein junger Mann war, wollte ihm keine Bank einen Kredit geben, um das Grundstück kaufen zu können. Er geriet an die falschen Leute, die ihm zwar bereitwillig etliche Tausend Gulden liehen, die aber nicht daran glaubten, dass er Erfolg haben würde."

„Reden wir hier von Investoren oder von Kriminellen?", warf Rainer ein.

„Gibt es da einen Unterschied?", fragte Knut lachend, wurde dann aber wieder ernst. „Wir reden von Kriminellen, aber von der Sorte, die sich nicht erwischen lässt. Leute wie der Pate oder Al Capone, denen man Falschparken nachweisen kann, aber keine Drogendeals. Arie ist damals nicht ins Detail gegangen, auf jeden Fall handelte es sich um Leute, denen die Gemeinde das Land nicht verkauft hätte. Aber wenn Arie gescheitert wäre, hätte er seine Schulden bei ihnen nur begleichen können, indem er ihnen das Grundstück überlassen hätte."

„Und das haben Sie mit Ihrer Reportage verhindern können?"

Knut nickte. „Jedenfalls behauptete Arie das immer. Durch die Einnahmen, die gleich zu Beginn niemand erwartet hätte, konnte er diesen zwielichtigen Leuten die Kredite zurückzahlen und ihnen damit einen Strich durch die Rechnung machen."

„Nun, unter den Umständen kann ich schon nachvollziehen, warum er Ihnen mit dieser Vereinbarung gedankt hat, Ihnen den besten Platz quasi zu schenken", sagte Rainer nachdenklich.

„Und das alles nur, weil der eigentliche Reporter im Dunkeln die Orientierung verloren hatte", erwiderte Knut. „Genau genommen hätte Arie Vissers sich bei ihm erkenntlich zeigen müssen, aber vermutlich war das alles von dem alten Herrn so geplant, um Georg für seine Überheblichkeit büßen zu lassen." Auf Rainers fragenden Blick hin fügte er an: „Georg hielt sich immer für was Besseres. Unter anderem auch für den besseren Autofahrer, weshalb er den Bus fahren wollte. Zur Strafe hat Gott ihn dann nicht nur buchstäblich vom rechten Weg abkommen lassen, sondern ihm auch noch ein Bein gestellt." Knut lachte leise. „Da fällt mir ein: Den neuen Motor für den VW-Bus durfte Georg auch noch aus eigener Tasche bezahlen, weil er sich nicht um den Ölstand gekümmert hatte. Sonst wäre ihm viel früher aufgefallen, dass der Wagen Öl verlor."

„Na, bei so einer Strafe muss er ja eigentlich schon ein richtiges Ekel gewesen sein", meinte Rainer.

„Das war er auch, das können Sie mir glauben", versicherte ihm Knut, wurde dann aber abgelenkt, als Jenny mit zwei Tellern an ihren Tisch kam.

„Gefüllte Pfannkuchen für zwei", sagte sie. „Eet smakkelijk."

Knut und Rainer nickten dankend und widmeten sich in einvernehmlichem Schweigen einer weiteren Köstlichkeit aus Jennys Küche.

„Allmählich kann ich die Spannung nicht mehr ertragen", verkündete Jenny, als Knut am Montag der darauffolgenden Woche gegen Mittag ihr mit drei ausgestreckten Fingern zu verstehen gab, dass der Tulpen-Countdown kontinuierlich weitergegangen war.

„Was soll ich denn erst sagen, Jenny?", gab er zurück, als sie zu ihm an den Tisch kam und ihm die Liste mit den Tagesgerichten hinlegte. „Ich glaube, in der Nacht von Mittwoch auf Donnerstag werde ich vor Aufregung nicht schlafen können."

„Umso besser stehen dann ja die Chancen, dass Sie Ihre unbekannte Verehrerin zu Gesicht bekommen", sagte Jenny. „Sie muss ja dann irgendetwas tun, ganz gleich was."

„Davon können wir wohl ausgehen", stimmte Knut ihr zu. „Ehrlich gesagt ist es mir im Moment sogar wichtiger zu erfahren, *wer* es ist. Seit Tagen beobachte ich meine Nachbarn auf dem Campingplatz viel genauer als früher. Das soll jetzt nicht heißen, dass ich meine Nachbarn normalerweise beobachte. Man sieht sich, man grüßt sich, man redet ein paar Worte, man hilft sich gegenseitig. Aber bei keiner Frau habe ich das Gefühl, dass sie mich öfter oder länger ansieht als sonst. Wobei ich sowieso nicht glauben kann, dass es eine von diesen Frauen sein kann. Die sind alle ein ganzes Stück jünger als ich, und sie sind schon eine Ewigkeit verheiratet! Alle! Da ist keine einsame Witwe, die getröstet werden möchte. Zumindest keine in meinem unmittelbaren Umfeld."

„Sie kann ja auch am anderen Ende des Campingplatzes ihren Platz haben und hat Sie zufällig beim Spazierengehen gesehen, hat Ihren Standplatz ausgekundschaftet und dann die Sache mit diesen schwarzen Tulpen begonnen", gab Jenny zu bedenken. „Ich neige zu der Ansicht, dass Sie eine angenehme Überraschung erleben werden."

„Wollen wir es hoffen", sagte Knut und klang dabei ein wenig unschlüssig.

„Bedenken Sie mal, welche Mühe sich Ihre Verehrerin macht", hielt Jenny dagegen. „Schwarze Tulpen bekommt man nicht in jedem x-beliebigen Blumenladen. Da muss man sicher erst mal eine Weile herumtelefonieren. Und dazu diese Menge an Tulpen. Es ist ja nicht so, als würden Sie jeden Tag eine Tulpe bekommen. Das wären nur zehn. Aber Sie bekommen zehn, neun, acht und so weiter, also insgesamt fünfundfünfzig Tulpen. Die wollen auch irgendwo aufbewahrt werden, oder aber Ihre Unbekannte fährt alle zwei oder drei Tage los, um Nachschub zu holen. Den Aufwand betreibt ganz sicher niemand, der Sie nur ins Grübeln bringen will. Wenn die Tulpenüberbringerin das wollte, müsste sie nur einen Zettel an die Wohnwagentür kleben und ‚Weißt du noch? Heute vor einem Jahr?' draufschreiben."

Knut musste lachen. „Ins Grübeln könnte sie mich auch schon bringen, wenn sie draufschreiben würde: ‚Weißt du noch, was du letzten Freitag gegessen hast?'"

„Genau", stimmte Jenny ihm zu. „Wenn so etwas genügt, warum dann diese Aktion mit den Tulpen?"

„Gute Frage", sagte er und schüttelte den Kopf. „Am besten esse ich erst mal was, danach kann ich mir immer noch Gedanken machen, falls ich dann nicht zu satt bin."

„Ich werde Ihnen heute eine besonders große Portion auf Ihren Teller packen, damit Sie auf jeden Fall zu satt zum Nachgrübeln sind", versprach Jenny ihm.

„Das ist ein Wort", gab er zurück und sah sich die Tageskarte genauer an. „Jetzt grübele ich erst einmal, was ich überhaupt essen will."

Am Donnerstag war Knut auch um Viertel nach eins noch nicht zum Essen erschienen. Den Tisch auf der Terrasse hatte Jenny wie gewohnt für ihn freigehalten, aber normalerweise war er spätestens um halb eins da. Dass er heute auf sich warten ließ, bereitete ihr aber keine Sorgen. Wenn die Unbekannte nicht von ihrer bisherigen Vorgehensweise abgewichen war, dann hatte sie am gestrigen Mittwoch eine einzelne schwarze Tulpe vor die Tür von Knuts Wohnwagen gelegt, und dann musste heute irgendetwas passieren.

„Noch immer nichts?", fragte Rainer, der nach dem Mittagessen noch einmal kurz nach oben in sein Zimmer gegangen war, um mit einem seiner Söhne über den neuen Job in Hilversum zu reden. Er deutete auf den Tisch auf der Terrasse.

„Offenbar hat Knut etwas Wichtigeres zu tun, als uns mit seiner Anwesenheit zu beehren", antwortete Jenny grinsend. „Vermutlich hat er darüber vergessen, seine Dauerreservierung für heute abzusagen."

„Das ist ja fast so, als hätten diese schwarzen Tulpen bei mir vor der Tür gelegen", sagte er. „Ich möchte zu gern wissen, wer Knut so auf die Folter gespannt hat –

und uns gleich mit dazu.“ Er warf Jenny einen Seitenblick zu. „Kannst du ihn nicht anrufen und fragen, wo er bleibt?“

„Wenn ich Grund zur Sorge hätte, würde ich das natürlich machen“, erwiderte sie. Nach einem Blick auf ihre Armbanduhr fügte sie hinzu: „Genau genommen hätte ich das schon vor einer Viertelstunde gemacht. Aber unter diesen Umständen hätte ich eher das Gefühl, ihn absichtlich zu stören, nur um meine Neugier zu stillen.“

„Dann tu es doch, um *meine* Neugier zu stillen“, schlug Rainer augenzwinkernd vor. „Dann musst du keine Gewissensbisse haben, und trotzdem erfährst du, was los ist.“

„Komiker“, konterte sie amüsiert. „Hast du nicht zufällig irgendeine Maske zu bilden oder wie man das in deinen Kreisen nennt.“

„Modellieren nennt man das“, stellte er richtig. „Außerdem habe ich für das neue Projekt noch gar nichts zu modellieren, sondern erst mal nur zu skizzieren. Und selbst das tue ich nur, wenn ich eine passende Inspiration habe. Einfach so hinsetzen und herumkritzeln führt meistens zur gar nichts.“

„Nicht? Hätte ich aber gedacht.“

Er schüttelte den Kopf. „Dafür muss ich unterwegs sein und Gesichter oder Dinge sehen, die mich inspirieren.“

„Also gehst du auf Wanderschaft durchs Dorf?“

„Das hatte ich vor“, sagte er.

„Dann könntest du mal eine Runde über den Campingplatz machen“, schlug Jenny ihm vor. „Hier im

Dorf kennst du bald jedes Gesicht, aber auf dem Campingplatz wimmelt es von Touristen und neuen Eindrücken."

„Und bei der Gelegenheit soll ich bestimmt auch mal nach Knut sehen, oder?", fragte er schmunzelnd.

Jenny zog die Augenbrauen hoch, als hätten seine Worte sie in größtes Erstaunen versetzt. „Mensch, Rainer, das ist ja eine grandiose Idee. Darauf wäre ich bestimmt erst gekommen, nachdem du dich auf den Weg gemacht hättest."

„Und die Goldene ... nein, die Platinhimbeere für die grausigste Schauspielerin geht an die in rekordverdächtigen vierzehn Kategorien nominierte Jenny van Oosterburg", redete Rainer mit verstellter Stimme, um ihr einen dramatischeren Klang zu verleihen. „Und hieeeeer ist Jenny! Applaus, Applaus, Applaus!"

Jenny zog einen Mundwinkel nach unten, um anzudeuten, dass das alles gar nicht witzig war, aber letztlich musste sie ebenfalls lachen. Sie zog ein Blatt Papier aus einem Fach unter der Theke und zeichnete etwas auf. „Hier", sagte sie, als sie fertig war, und hielt ihm das Blatt hin. „Das ist ein grober Plan vom Campingplatz. Das da ist Knuts Wohnwagen, und diese Linien sind Zugangswege für Fußgänger, die von und nach Zuiderdijk unterwegs sind."

„Okay. Ich kann ja mal im Vorbeigehen einen Blick zu seinem Wohnwagen werfen", schlug Rainer vor. „Wenn ich ihn sehe und das Gefühl habe, dass er nicht gestört werden will, gehe ich einfach weiter. Wenigstens habe ich einen guten Vorwand, warum ich da unterwegs bin."

„Besser, als wenn ich zum Campingplatz gehe“, stimmte Jenny ihm zu. „Ich könnte ihm höchstens sein Mittagessen bringen, aber wenn das jemand mitbekommt, dann wollen am Ende alle ihr Essen nach Hause geliefert bekommen.“

„Die Lokale rund um die Kirche liefern doch auch nach Hause“, hielt Rainer dagegen. „Und bestimmt auch auf den Campingplatz.“

„Ich weiß, aber ich bin da vielleicht etwas altmodisch“, sagte sie und zuckte mit den Schultern. „Wenn ich etwas essen will, das in einem Lokal für mich zubereitet wurde, dann möchte ich das auch genau in diesem Lokal zu mir nehmen. Ich möchte, dass die Leute sehen, dass es mir schmeckt und dass ich genieße, was man mir serviert hat. Wenn ich das zu Hause esse, dann ist das irgendwie so … so unpersönlich.“

„Ob das nun altmodisch ist oder nicht“, sagte er, „auf jeden Fall würden die Leute wieder mehr aus dem Haus gehen und mit anderen Leuten zu tun haben, nicht nur mit dem Boten, der sich abhetzen muss, um das Essen schnell abzuliefern, damit ihm nicht seine Provision gestrichen wird.“

„Genau das meine ich.“ Jenny nickte nachdrücklich. „Ich möchte halt gern die Leute sehen, die das essen, was aus meiner Küche kommt.“

„Ich werde dich garantiert nicht zu irgendetwas anderem überreden“, versicherte Rainer ihr. „Sonst darf ich noch die Auslieferung übernehmen, und dann kommen bei den Kunden nur noch leere Verpackungen an, weil ich unterwegs den köstlichen Gerüchen nicht widerstehen konnte.“

„Danke für die Vorwarnung", sagte sie amüsiert. „Und jetzt geh endlich. Ich will wissen, was mit Knut ist."

„Aye, aye, Sir, ich bin schon unterwegs", antwortete er und verließ mit der Skizze in der Hand die Pension.

Wenig später folgte Rainer der Grote Marktstraat in Richtung Campingplatz, der einige Gehminuten vom Marktplatz von Zuiderdijk entfernt lag. Der Wind, der wie fast immer vom Meer her an Land wehte, war seit dem Morgen etwas aufgefrischt und versetzte ihm immer wieder leichte Stöße in den Rücken. Es war beinahe so, als wollte der Wind Rainer zur Eile antreiben, aber er sagte sich, dass das natürlich Unsinn war. Es gab keinen Grund zur Eile, und wenn doch, dann nur den einen, dass endlich ans Licht kam, wer dem Dauertouristen Knut diese schwarzen Tulpen geschickt hatte.

Unterwegs kamen ihm nur wenige Leute entgegen, ein Ehepaar fragte ihn nach dem Weg zum Deich, aber das war auch der einzige Halt. Rainer bog nach links ab und folgte dem gepflasterten Weg, der eine geringe Steigung aufwies, da der Campingplatz etwas höher lag als das Dorf. Der Platz war gut gewählt, da man von dieser leicht erhabenen Position aus über Zuiderdijk und den Deich selbst hinweg auf das Meer blicken konnte.

Eine Hecke rings um die gesamte Anlage sorgte dafür, dass man den Platz auf den ersten Blick gar nicht als Campingplatz wahrnahm, sondern eher für einen großen Garten oder Park halten konnte. Was sofort auffiel, waren die schmalen, aber hohen Hecken zwischen den einzelnen Stellplätzen, die entlang einer im Zickzackkurs verlaufenden Straße so versetzt gepflanzt waren, dass man selbst mitten auf dem Platz nicht das Gefühl bekam, von unendlich vielen anderen Campern umgeben zu sein. Jeder war für sich untergebracht, und wenn er das wollte, konnte er auch für sich bleiben.

Knuts Wohnwagen war der erste, den man sah, wenn man auf diesem Weg den Platz betrat, aber selbst der war hinter einer halbhohen Hecke verborgen. Rainer ging langsam auf den Wohnwagen zu und versuchte zu erkennen, ob der Mann irgendwo zu entdecken war. Alles schien völlig ruhig zu sein, denn die Stimmen, die er hörte, hatten anderswo ihren Ursprung, ebenso das ausgelassene Lachen von Kindern sowie irgendein undefinierbares Brummen oder Summen, das von einem größeren Elektrogerät auszugehen schien.

An der Hecke blieb Rainer stehen und sah sich an, wie es dahinter aussah. Knut Hansens Wohnwagen war anzusehen, dass er seit den Siebzigern dort stand, denn es handelte sich nicht nur um uraltes Modell, sondern es schien im Laufe der Zeit eins mit dem Platz geworden zu sein, da Büsche das auffallend lange Gefährt zu drei Seiten umgaben, die schon seit einer Ewigkeit da wachsen und gedeihen mussten. Eine Markise war irgendwann später angebracht worden und schützte eine Sitzgruppe aus Korbsesseln vor Regen. Ganz am Rand dieser Markise stand ein recht großer Grill, der auch schon bessere Zeiten erlebt hatte und nicht mit den aktuellen Hightech-Geräten vergleichbar war.

„Knut?", rief Rainer versuchsweise, als er auch nach angestrengtem Lauschen keinen Ton aus dem Wohnwagen hatte hören können. Nichts geschah, aber das war fast nicht anders zu erwarten gewesen, da er nicht sonderlich laut gerufen hatte. Er überlegte, wie er Knut auf sich aufmerksam machen konnte, ohne dass der sich in seiner Privatsphäre gestört fühlte. Schließlich war der Mann ihnen keine Rechenschaft schuldig, womit er gerade beschäftigt war. Andererseits hatte er sie seit dem ersten Strauß mit zehn schwarzen Tulpen immer wieder auf dem Laufenden gehalten, dass es doch nur natürlich war, wenn Jenny und er wissen wollten, was denn nun an diesem Tag geschehen war, an dem es dem Gesetz der Serie zufolge keine Tulpenlieferung mehr hätte geben dürfen.

Etwas musste sich doch ereignet haben, sonst wäre Knut wohl wie an jedem anderen Donnerstag ins Huis Zonnebloem gekommen, um dort zu Mittag zu essen – und um wenigstens zu erzählen, dass nichts passiert war. Rainer presste die Lippen zusammen, grübelte eine Weile, während er über die Hecke hinweg den Stellplatz betrachtete. Es regte sich absolut nichts, nicht mal ein Vogel war zu hören, obwohl weiter weg ringsum aus dem dichten Grün Gezwitscher ertönte.

Ein ungutes Gefühl überkam ihn, und kurz entschlossen ging er um die Hecke herum. Langsam näherte er sich der Tür des Wohnwagens, und bei den letzten zwei Schritten musste er sich dazu zwingen, einen Fuß vor den anderen zu setzen. Es kam ihm so vor, als würde von diesem Zugang etwas Unheilvolles ausstrahlen.

„Knut?", rief er lauter als zuvor, aber auch beim fünften Anlauf kam noch immer keine Reaktion. Vielleicht war der Mann gar nicht da, was erklären würde, dass er sich nicht meldete. Doch trotz dieser durchaus plausiblen Möglichkeit – immerhin hatte ihm eine unbekannte Verehrerin Tag für Tag Tulpen geschickt, warum sollte er dann jetzt nicht mit ihr zusammen irgendwo unterwegs sein – sagte ihm sein Gefühl, dass das nicht der Fall sein würde. „Ich habe zu viel Zeit mit Jenny verbracht", grummelte er. „Ich sehe überall nur noch Mord und Totschlag." Es war nicht übertrieben, so etwas zu denken, denn seit er sich zumindest vorübergehend in ihrer Pension einquartiert hatte, war er innerhalb dieser wenigen Monate gleich zweimal Zeuge ihrer neu erworbenen Gabe geworden, über Mordopfer zu stolpern. Eigentlich hätten die Chancen gleich null sein müssen, dass es in diesem Tempo weitergehen würde. Zuiderdijk war ein ruhiger, friedlicher Ort, hier brachte man nicht ständig jemanden um. Und trotzdem war das schon zweimal innerhalb kürzester Zeit geschehen.

„Aller schlechten Dinge sind drei", murmelte Rainer und klopfte erneut, diesmal energischer als zuvor, sodass es fast schon einem Trommeln mit der Faust gleichkam. „Knut, machen Sie auf! Knut!", rief er, als plötzlich die Tür nach außen aufging und ihm etwas Großes, Schweres entgegenkam.

Das geschah so unerwartet, dass Rainer nicht mehr zur Seite ausweichen konnte, sondern rücklings auf dem Rasen landete – und das schwere Objekt auf ihm. Es dauerte wohl nur Sekundenbruchteile, aber Rainer kam es wie eine Ewigkeit vor, bis er endlich begriff, was ihn zu Boden gerissen hatte und auf ihm gelandet war.

Es war Knut gewesen, der ihn mit toten Augen anstarrte.

3. Kapitel

„Wie geht es dir?", fragte Jenny besorgt und fasste ihn an der Schulter.

„Immer noch so wie vor zehn Minuten, als du mich das letzte Mal gefragt hast", erwiderte Rainer und lächelte sie flüchtig an. Mehr als eine Stunde war vergangen, seit er auf den toten Knut Hansen gestoßen war … oder besser gesagt: seit er von dem toten Knut Hansen zu Boden gerissen worden war.

„Du kannst mir wirklich glauben", fuhr Rainer fort, nachdem er einen Schluck aus der Wasserflasche genommen hatte, die ihm einer der anderen Camper gegeben hatte, „dass ich keinen Schock bekommen habe und dass ich nicht jeden Moment umkippen werde. Ich habe so viele Schauspieler in die erschreckendsten Leichen verwandelt, dass mein erster Gedanke war: Das sieht aber nicht sehr echt aus." Er zuckte mit den Schultern. „Tut mir leid, wenn sich das pietätlos anhört, aber ich dachte in dem Moment wirklich nicht daran, dass ich es mit einem echten Toten zu tun habe und dass es echtes Blut ist, mit dem mein Hemd beschmiert wurde. Sonst hätte ich am Telefon auch bestimmt viel aufgeregter geklungen."

„Ich weiß", sagte Jenny. „Aber manchmal ist ja genau dieses abgeklärte Verhalten ein Zeichen für einen

Schock, darum bin ich doppelt vorsichtig und frage dich lieber einmal zu viel als einmal zu wenig."

Rainer nickte bedächtig. „Ich verstehe schon, was du meinst. Aber … na ja, als ich hier ankam, da hatte ich auf einmal so ein eigenartiges Gefühl. Irgendwas stimmte nicht, obwohl ich Knut noch hier auf dem Campingplatz besucht hatte. Ich meine, ich hatte keine Ahnung, wie es hier normalerweise zugeht, ob Knut laut Musik laufen lässt, ob er vor seinem Wohnwagen sitzt und ein Buch liest oder weiß der Teufel was. Aber diese Stille … das war … wie Totenstille." Er zuckte flüchtig mit den Schultern. „Kann sein, dass mein Unterbewusstsein bereits ahnte, dass Knut tot war und dass er nur noch gefunden werden musste. Was ich ja dann getan habe. Auch wenn ich lieber nicht derjenige gewesen wäre."

„Weil das *mein* Job ist, meinst du?", gab sie trotz der düsteren Situation mit einem Hauch von Ironie zurück.

Er lächelte sie schief an. „Das vermutlich auch. Aber mir hat es schon gereicht, den Toten am Deich zu sehen. Ich brauche so was nicht auf einer wiederkehrenden Basis."

„Was sollen denn erst Polizisten oder Feuerwehrleute sagen?", erwiderte sie. „Die müssen jeden Tag und bei jedem Einsatz damit rechnen, dass irgendwo ein Toter liegt."

„Richtig, aber das gehört zu ihrem Job", sagte Rainer. „Ein Job, für den ich diese Männer und Frauen wirklich bewundere, den ich aber auf keinen Fall machen möchte." Er schüttelte nachdrücklich den Kopf. „Aber wie ich dir schon gesagt habe, ich habe keinen Schock bekommen, als ich von Knuts Leichnam umgerissen wurde."

„Okay, ich glaube es dir", versicherte Jenny und beugte sich kurz auf ihrem Gartenstuhl zur Seite, um einen Blick nach nebenan zu werfen. Nachdem Rainer den Toten gefunden und sie angerufen hatte, war sie mit Wijkagent Wim Houtmans in dessen Wagen zum Campingplatz gekommen. Wim hatte sofort seine Dienststelle angerufen, damit die Spurensicherung und ein Kollege aus dem Morddezernat sich auf den Weg nach Zuiderdijk machten. Wie der Zufall es wollte, war auch gerade Dr. Kortrijk wegen eines Hausbesuchs bei einer älteren Patientin im Dorf unterwegs gewesen, der sich umgehend zum Campingplatz begeben hatte, um formal Knut Hansens Tod festzustellen. Nach dessen erster Begutachtung des Toten sah es danach aus, dass mehrfach mit einem großen Messer auf das Opfer eingestochen worden war. Als Todeszeitpunkt hatte der Arzt den Zeitraum zwischen Mitternacht und drei Uhr morgens ermittelt.

In der Zwischenzeit hatte der Polizist einen Sichtschutz aufgebaut, damit keine neugierigen Campinggäste angelockt wurden. Jenny und Rainer hatten es sich auf den Gartenstühlen bequem gemacht, die auf dem benachbarten Stellplatz um einen großen Grill herum angeordnet worden waren. Da sich die Camper momentan nicht auf dem Platz aufhielten, sondern offenbar mit ihrem Auto unterwegs waren, hatte Jenny niemanden um Erlaubnis fragen können.

„Na, wenn das nicht meine liebsten Spürnasen von ganz Zeeland sind, dann weiß ich es nicht", rief auf einmal eine vertraute Frauenstimme. In derselben Sekunde kam Commissaris Ilse Ruijters um die Hecke herum, die die beiden Stellplätze voneinander trennte, und winkte den beiden zu.

„Oh, hallo, Ilse", sagte Jenny und stand auf, um sie zu begrüßen. Auch Rainer gesellte sich dazu.

Die Polizistin wirkte so kühl und unnahbar wie bei ihrer ersten Begegnung. Die Endzwanzigerin trug die dunkelbraunen Haare streng nach hinten gekämmt und zu einem kurzen und straffen Pferdeschwanz zusammengebunden, sodass es so wirkte, als könnte ihr Gesicht keine Gefühlsregungen zeigen. Tatsächlich jedoch lächelte sie jetzt freundlich, was noch einige Monate zuvor undenkbar gewesen wäre, als Jenny sie zum ersten Mal auf ein Mordopfer aufmerksam gemacht hatte. Inzwischen wusste die Polizistin aber ihre und Rainers Mithilfe bei Verbrechen in Zuiderdijk zu schätzen.

„Bevor wir über den Fall reden", sagte Ilse, „sollen Sie wissen, dass wir bei der Pressemeldung über den Mord diese seltsamen Blumenlieferungen mit keinem Wort erwähnen werden. Und Sie werden darüber auch mit niemandem reden. Ich weiß nicht, wem das Opfer von den schwarzen Tulpen erzählt hat, aber ich will hoffen, dass das nicht im ganzen Dorf Thema war. Sollte man Sie darauf ansprechen, dann tun Sie bitte so, als wüssten Sie von nichts, oder spielen Sie die Sache runter."

„Hat es denn schon ähnliche Fälle gegeben?", wollte Jenny wissen. „Ist da ein Serienmörder am Werk?"

„Bislang nicht. Aber wenn es einen Zusammenhang zwischen den Blumenlieferungen und dem Mord gibt, dann müssen wir in Erwägung ziehen, dass jemand versucht, eine Art Markenzeichen zu etablieren. Oder hatte das Opfer irgendeinen Bezug zu schwarzen Tulpen?“

Jenny schüttelte den Kopf. „Solange Hansen zweimal in der Woche bei mir gegessen hat, war nicht ein einziges Mal von Blumen die Rede. Und soweit ich das beurteilen kann, hat er weder von der Tischdekoration noch von den wechselnden Sträußen auf der Empfangstheke Notiz genommen. Jedenfalls hat er nie ein Wort darüber verloren.“

„Aber über die Tulpen, die ihm geliefert wurden, hat er mit Ihnen geredet?“

„Ja, weil die morgens bei ihm vor der Tür lagen und er mittags zum Essen ins Huis Zonnebloem kam“, antwortete sie. „Das Ganze war so außergewöhnlich, dass er wohl das Bedürfnis hatte, darüber zu reden. Wir waren natürlich von einer heimlichen Verehrerin ausgegangen und hatten vermutet, dass sie heute Morgen bei ihm vor der Tür steht, um das Rätsel der schwarzen Tulpen zu lüften. Dass jemand vor der Tür stehen würde, der vorhatte, ihn umzubringen, das ist uns nicht in den Sinn gekommen.“

Ilse machte eifrig Notizen. „Hat er mal jemanden erwähnt, mit dem es Streit gab? Jemanden, von dem er bedroht wurde?“

Jenny und Rainer schüttelten gleichzeitig den Kopf. „Er schien mir auch nicht der Typ zu sein, der sich mit anderen streitet“, fügte er hinzu. „Ich meine, der Mann war vierundachtzig, für sein Alter zwar noch ziemlich fit, aber halt schon über achtzig. Da schwinden nun mal die Kräfte, und jeder, der ihm aus Rache oder aus welchen Gründen auch immer etwas antun wollte, hätte ihm nur ein Bein stellen müssen, und schon wäre Knut mit diversen Knochenbrüchen im Krankenhaus gelandet. Dafür muss man ihn nicht erstechen."

„M-hm", machte die Polizistin zustimmend. „Mit wem haben Sie über die Tulpenlieferungen gesprochen? Nur damit ich weiß, wie viele Personen darüber Bescheid wissen könnten."

Jenny sah kurz zu Rainer, der den Kopf schüttelte. „Eigentlich nur mit Agent Houtmans, als wir vorhin gemeinsam hergekommen sind", sagte sie. „Es gab auch keine Veranlassung, irgendjemanden darauf anzusprechen. Wir haben hier keinen Blumenladen, der als Lieferant infrage kommen könnte, und der Campingplatz liegt zu weit vom Dorf entfernt, als dass da irgendjemand etwas gesehen haben dürfte."

„Außerdem haben wir in diesen Lieferungen nichts Bedrohliches gesehen", ergänzte Rainer. „Wir waren nur neugierig, wer sich als Absender herausstellen würde. Dass das ein Countdown zum Mord werden würde, wäre uns nie im Leben als Möglichkeit in den Sinn gekom..."

„Sind Sie von der Polizei?", fiel ihm ein jüngerer Mann mit rotblondem Lockenschopf ins Wort, der auf einem E-Roller angefahren kam und neben Jenny und Rainer anhielt, denen er zum Gruß zunickte.

„Ich bin Commissaris Ilse Ruijters", sagte sie. „Und Sie ...?"

„Victor Vissers", stellte er sich vor. „Mir gehört dieser Campingplatz. Wim hatte mir schon angekündigt, dass Sie mich sprechen wollen, sobald Sie da sind." Während er redete, kam der Wijkagent zu ihnen, dem er kurz zuwinkte. „Vor drei Minuten ging seine Nachricht ein, und ich dachte mir, ich komme direkt mal her."

„Sehr umsichtig von Ihnen, Meneer Vissers", erwiderte sie. „Was können Sie mir über das Opfer sagen?"

„Was ist denn überhaupt passiert?", fragte Vissers. „Wim sprach davon, dass Knut tot ist und dass Kollegen von ihm auf dem Weg hierher sind, um den Tod zu untersuchen. Aber mehr wollte er mir nicht verraten." Der letzte Satz klang ein wenig vorwurfsvoll.

„Agent Houtmans hat sich lediglich an die Vorschriften gehalten", erklärte sie. „Es war nicht unhöflich gemeint, dass er sich auf diese wenigen Auskünfte beschränkt hat, sondern reine Routine." Sie nickte, um ihre Worte zu unterstreichen, dann wiederholte sie knapp: „Das Opfer?"

„Oh, Sie meinen Knut", murmelte er, nachdem er sie einen Moment lang verständnislos angesehen hatte. „Knut Hansen. Also, den gab's schon, als ich noch gar nicht auf der Welt war. Knut war immer hier, das war einfach so. Mein Opa hat mir viel erzählt, wie Knut ihm damals mit seinen Berichten über den Platz geholfen hat, die Touristen auf uns aufmerksam zu machen. Knut war einer der ersten Gäste, wenn man so will, und mein Opa hat ihm damals als Dank für alles diesen Stellplatz mehr oder weniger geschenkt. Er hat ihn zwar eine symbolische Miete von zehn Gulden pro Jahr zahlen lassen, aber genau genommen war das da Knuts zweite Heimat. Bis er dann ganz hergezogen ist und es seine einzige Heimat wurde."

„Zehn Gulden pro Jahr?", hakte Ilse nach.

Vissers nickte grinsend. „Ja, es war eigentlich nur was Symbolisches, und daraus ist dann eine Tradition geworden. Erst im Januar hat er mir wieder den obligatorischen Zehner für das neue Jahr gegeben." Der Mann lächelte versonnen, dann wurde er ernst. „Was ist mit Knut passiert?", wollte er wissen. „Ich meine, wenn er im Schlaf gestorben wäre, dann würde wohl nicht extra eine Commissaris herkommen, und auch nicht die Spurensicherung, von der Wim geredet hat. Wenn er tot ist, wer hat ihn dann überhaupt gefunden?"

„Sehr wahrscheinlich ist er nicht im Schlaf gestorben, sondern er wurde offenbar ermordet, und zwar in der vergangenen Nacht", informierte Ilse ihn.

„Gefunden habe ich ihn", warf Rainer ein, wobei ihm nicht der warnende Blick der Polizistin entging, die zu befürchten schien, dass er etwas sagen könnte, was nicht für die Allgemeinheit bestimmt war. „Weil er heute nicht wie üblich bei Jenny zu Mittag gegessen hat, wollte ich nach dem Rechten sehen. Tja, und dann habe ich ihn tot vorgefunden."

„Das ist ja schrecklich", flüsterte Vissers und verzog angewidert den Mund. „Wie kann man diesen netten Mann umbringen wollen? Was soll der jemandem getan haben?" Dann zog er abrupt die Augenbrauen hoch. „Hat das was mit den Tulpen zu tun?"

Ilse horchte auf. „Tulpen?"

„Ja, Knut hat mich letzte Woche darauf angesprochen, dass ihm wohl nachts ein paar Mal Tulpen vor die Tür gelegt wurden. Er wollte wissen, ob ich eine Ahnung habe, von wem die kommen könnten."

„Ein paar Mal?", hakte Ilse beiläufig nach. „Hat er gesagt, wann genau das passiert war?"

Vissers kniff die Augen leicht zusammen. „Ich glaube, er hat mich am Freitag darauf angesprochen, als ich auf Kontrollgang über den Platz war. Es war von ein paar Mal die Rede, aber an welchen Tagen das genau war, dazu hat er sich nicht geäußert. Ich kann mich jedenfalls nicht daran erinnern, aber ich glaube, das hätte ich mir dann auch gemerkt. So was habe ich nämlich noch nie mitbekommen, müssen Sie wissen.“

„Konnten Sie ihm denn weiterhelfen?“, erkundigte sich Jenny.

„Nein, ich habe keine Ahnung, was da passiert ist“, räumte der Platzbetreiber ein.

„Kann man denn von allen Seiten auf den Platz gelangen, ohne dass Sie das mitbekommen?“, fragte Ilse.

„Ja, und das ist eigentlich auch noch nie ein Problem gewesen. Seit mein Opa diesen Platz eröffnet hat, ist hier nie etwas passiert. Keine Prügeleien, keine Einbrüche, keine Überfälle ... und natürlich auch keine Morde.“

„Das heißt, es gibt auch keinerlei Videoüberwachung auf dem Platz?“

„Nein, Commissaris, die gibt es nicht – bis auf eine Ausnahme“, erklärte Vissers. „Es gab auch nie eine Veranlassung dazu, den Platz zu überwachen, weil ja nie etwas vorgefallen war. Mein Opa sah keinen Sinn darin, Geld für eine Anlage auszugeben, die für einen so großen Platz verdammt teuer sein würde. Mein Vater hielt es ebenfalls nicht für nötig, und ich habe es auch immer für rausgeworfenes Geld gehalten.“ Er schaute missmutig drein. „Aber jetzt hätten wir sie gebraucht, um Knuts Mörder zu überführen. Oder ihm wäre womöglich gar nichts passiert, weil der Täter gewusst hätte, dass er gefilmt wird."

„Machen Sie sich keine Vorwürfe, Meneer", sagte Ilse beschwichtigend. „Selbst wenn Sie jeden Winkel von Kameras erfasst hätten, wäre das keine Garantie dafür, dass es entweder gar nicht zum Mord gekommen wäre oder dass wir jetzt ein perfektes Bild vom Gesicht des Täters hätten. Vielleicht hätte er die eine Kamera ausgeschaltet, die auf Knut Hansens Stellplatz ausgerichtet gewesen wäre. Oder er wäre so vermummt gewesen, dass selbst das beste Phantombild zu nichts führen würde."

„Sie sprachen von einer Ausnahme", warf Jenny ein. „Welche ist das?"

„Die Zufahrt", sagte er. „Die wird abends ab zehn Uhr geschlossen und öffnet erst wieder um sechs Uhr morgens."

„Und wenn jemand später als zehn Uhr von einer Tagestour zurückkommt?", fragte Ilse. „Das sind schließlich alles Touristen, die auch mal abends spät in ihr Quartier zurückkehren wollen."

„Unsere Camper wissen Bescheid, sie stellen sich darauf ein, und wenn sie mal später zurück sind, stellen sie das Auto im Dorf ab und kommen zu Fuß her", erklärte Vissers und machte eine ausholende Geste. „Klingt vielleicht seltsam, aber der Grund ist ganz einfach: Auf unserem Campingplatz soll man sich erholen können, aber das kann man nicht, wenn bis spät in die Nacht alle zehn Minuten jemand auf den Platz zurückkehrt, über den halben Platz fährt, am besten noch mit laut plärrendem Autoradio, und dann werden am

Wohnwagen angekommen Autotüren zugeworfen, weil keiner daran denkt, wie viel Lärm das für andere bedeutet und wer dadurch aus dem Schlaf gerissen wird. So was wird hier nicht geduldet, und das haben wir auch schon immer so gehandhabt."

„Gar nicht mal so verkehrt", fand Rainer. „Aber wozu dann die Kamera an der Einfahrt, wenn doch geschlossen ist?"

„Die ist für den Fall da, dass mal irgendjemand auf die Idee kommt, sich trotzdem Zutritt zum Platz zu verschaffen", sagte der rothaarige Mann. „Unsere Gäste haben kein Problem damit, dass das Tor ab zehn Uhr abends zu ist. Aber es gibt immer wieder Touristen, die meinen, ein Campingplatz müsse rund um die Uhr geöffnet haben. Ich kann drüben in unserem Bungalow sehen, was die Kamera aufnimmt, und wenn Leute trotz der Hinweisschilder versuchen, das Tor irgendwie aufhebeln, dann bekommen sie über die Gegensprechanlage von mir was zu hören." Er lächelte flüchtig. „Es gibt zwar nicht oft solche hartnäckigen Besucher, aber die wenigen Uneinsichtigen ergreifen ganz schnell die Flucht, wenn sie merken, dass ihr Treiben beobachtet wird."

„Okay, dann gibt es nur diese eine Kamera", notierte Ilse. „Und die hat in der vergangenen Nacht nichts Verdächtiges aufgenommen?"

Vissers schüttelte den Kopf.

„Woher wissen Sie das so genau?", warf Jenny verwundert ein. „Sehen Sie sich tagsüber an, was nachts los war?"

„Ich weiß das so genau“, erklärte Vissers geduldig, „weil die Kamera an einen Bewegungsmelder gekoppelt ist. Die Kamera läuft zwar die ganze Nacht durch, aber wenn der Bewegungsmelder reagiert, wird bei der Aufnahme eine Markierung gesetzt, und ich sehe mir morgens nur die Stellen an, an denen tatsächlich irgendwas los war. Das können auch Feldhasen oder streunende Katzen sein, vor Kurzem ist da draußen auch mal ein Wolf vorbeispaziert. Aber in der letzten Nacht war gar nichts los.“

Auf den fragenden Blick hin, den Jenny ihr zuwarf, erwiderte die Polizistin: „Ich hatte überlegt, ob vielleicht jemand am Tor war, um die Aufmerksamkeit auf sich zu lenken, während Hansens Mörder sich seinem Wohnwagen näherte. Ich weiß, es klingt weit hergeholt, aber ich muss halt manchmal auch die absurdesten Möglichkeiten in Erwägung ziehen.“

„Und manchmal kommen die absurdesten Ideen von irgendwelchen Hobbydetektiven“, fügte Jenny mit einem Augenzwinkern an.

„Solange keine Außerirdischen ins Spiel gebracht werden, höre ich mir auch die absurdesten Ideen an“, gab Ilse gelassen zurück, dann wandte sie sich wieder an den Platzbetreiber. „Hat Meneer Hansen Ihnen gegenüber in letzter Zeit eine Bemerkung gemacht, die rückblickend auf irgendwelchen Ärger hindeuten könnte? Irgendetwas auf den ersten Blick Belangloses, was aber ein anderer zum Anlass nehmen könnte, ihn umzubringen?“

„Puh, das ist aber eine schwierige Frage“, meinte Vissers. „Ich wüsste nicht, worauf das zutreffen sollte.“

„Na, hat sich Knut beispielsweise darüber gefreut, dass er bei einer Wette hundert Euro gewonnen hat?", warf Jenny ein. „Derjenige, der die Wette und damit hundert Euro verloren hat, könnte ja meinen, er sei um sein Geld betrogen worden."

Ilse nickte. „Ja, zum Beispiel etwas in dieser Art. Allerdings", fügte sie mit einem leicht giftigen Seitenblick an Jennys Adresse hinzu, „vermeide ich es immer, solche Beispielfälle zu erwähnen, weil sie fast zwangsläufig dazu führen, dass man in seiner Erinnerung nach etwas Ähnlichem sucht. Womöglich hat sich aber ein Autofahrer über ihn geärgert, weil Hansen bei Rot über die Straße gelaufen ist und ihn zur Vollbremsung gezwungen hat."

„Dafür bringt man doch niemanden um", wandte Vissers ein.

Die Polizistin reagierte mit einem bitteren Lächeln. „Sie glauben nicht, welche Anlässe manchen Leuten genügen, um zum Mörder zu werden."

„Hm", machte der Platzbetreiber, zuckte dann aber mit den Schultern. „Ich glaube, ich kann Ihnen da mit gar nichts dienen. Wir haben uns meistens gesehen, wenn ich meine Runde auf dem Platz gemacht habe, und da blieb es eigentlich immer bei einem ‚Hallo' und ‚Wie geht's?', und das war es auch schon. Ich wusste ja, dass ich Knut trotz seines Alters nicht im Auge behalten musste, weil das schon die Platznachbarn übernommen haben."

„Das hat aber heute nicht funktioniert", gab Rainer zu bedenken. „Ich war heute Mittag erst gegen zwei Uhr da, und offenbar hat sich seit dem Morgen niemand daran gestört, dass Knut seinen Wohnwagen nicht verlassen hatte."

Vissers hob abwehrend die Hände. „Nein, nein, so läuft das auch nicht. Hier passt nicht ein Gast auf den anderen auf und meldet sich bei mir, wenn der andere Gast mal nicht um neun Uhr seine Joggingrunde antritt. Knut ist zum Beispiel oft früh um sieben zu langen Spaziergängen am Strand aufgebrochen und war erst nach Mittag wieder zurück. Niemand hat ihn bei den Gelegenheiten weggehen sehen, aber das war kein Grund, Alarm zu schlagen. Keinem meiner Gäste würde es gefallen, wenn den ganzen Tag über ständig ein anderer vor der Tür steht und sich erkundigt, ob alles in Ordnung ist. Außerdem war Knut ein sehr vitaler Mann, bei dem man keine Sorgen haben musste, er könnte tagelang ohne etwas zu essen in seinem Wohnwagen sitzen." Nach einer kurzen Pause fügte er hinzu: „Sie dürfen auch nicht vergessen, dass der Campingplatz keine Seniorenresidenz ist. Knut war als Dauercamper die absolute Ausnahme, was das Alter angeht."

„Hm", machte Ilse und rieb sich nachdenklich übers Kinn, während sie auf ihren Notizblock sah. „Ach ja, wo waren Sie in der letzten Nacht zwischen Mitternacht und drei Uhr?"

„In meinem Bungalow", sagte Vissers und zeigte nach rechts. „Gleich hinter der Anmeldung."

„Kann das jemand bestätigen?"

„Schwer zu sagen."

Ilse zog eine Augenbraue hoch. „Wie soll ich das verstehen?"

„Tja, dazu müssen Sie wissen, dass meine Freundin einen sehr tiefen Schlaf hat, und damit meine ich auch sehr tief", erklärte Vissers. „Sie können neben dem Bett einen Stapel aus zwanzig Tellern zu Boden werfen, und Wilma wird sich bestenfalls auf die andere Seite drehen und etwas vor sich hinmurmeln. Kurioserweise reagiert sie eher auf leiseste Geräusche, weshalb der Radiowecker so leise gestellt ist, dass ich von der Musik keinen Ton hören würde, während sie im nächsten Augenblick hellwach im Bett sitzt."

„Das heißt, sie würde es vermutlich mitbekommen, wenn Sie sich aus dem Bungalow schleichen?", fragte Ilse.

„Ja, aber wenn ich in Cowboystiefeln durchs Schlafzimmer stapfe und jede Tür hinter mir zuwerfe, dann schläft sie weiter. Deshalb wird sie nicht bezeugen können, dass ich die ganze Nacht neben ihr im Bett gelegen habe." Er fuhr sich durch die Haare, dann legte er den Kopf ein wenig schräg und sah die Polizistin eindringlich an. „Darf ich fragen, warum Sie mich verdächtigen?"

„Ich verdächtige Sie nicht, Meneer Vissers", stellte sie klar. „Ich mache mir nur ein Bild davon, wer sich in der letzten Nacht wo aufgehalten hat. Verdächtigen würde ich Sie erst, wenn mir drei Gäste unabhängig voneinander anvertrauen würden, dass Sie sich in der letzten Nacht um Viertel nach zwei in der Nähe von Meneer Hansens Wohnwagen aufgehalten haben. Aber selbst dann müsste ich erst mal nach einem Motiv suchen, ehe Sie richtig verdächtig wären."

„Ah, gut", sagte Vissers und sah auf die Uhr. „Ich muss jetzt wieder nach vorn, für halb vier haben sich gleich drei neue Gäste angekündigt, und die wollen von mir in Empfang genommen werden. Wenn Sie noch etwas brauchen, finden Sie mich in dem kleinen Pavillon neben der Einfahrt.“

„Wenn Sie schon da vorne sind“, erwiderte Ilse, „dann könnten Sie mir auch gleich eine Liste aller aktuell anwesenden Gäste mit allen Kontaktdaten ausdrucken.“

Vissers sah sie zweifelnd an. „Meinen Sie, einer der anderen Gäste könnte Knut auf dem Gewissen haben? Das sind aber alles langjährige Gäste, von denen ich die meisten kenne, seit ich fünf oder sechs war. Keiner von denen würde einem Original wie Knut etwas antun wollen.“

Ilse verschränkte die Arme vor der Brust und sah ihn skeptisch an. „Sie würden tatsächlich für jeden Ihrer Gäste die Hand ins Feuer legen? Können Sie mit Gewissheit sagen, dass Meneer Hansen nicht gestern Abend die Frau des Nachbarn aus dem Wohnwagen da drüben so beleidigt hat, dass der Ehemann drei Stunden später im Vollrausch über den Platz gestürmt ist, um auf Hansen loszugehen?“

„Ähm ... also gut. Nein, das kann ich nicht“, musste Vissers einräumen.

„Sehen Sie, und genau deshalb benötige ich alle Informationen, die Sie mir über die anderen Gäste auf Ihrem Platz geben können“, entgegnete sie. „Dann können meine Leute sich auf die Suche nach Kandidaten machen, die beispielsweise einschlägig vorbestraft sind.“

„Ja, okay, Sie sollen Ihre Namensliste bekommen“, sagte er. „Hauptsache, es hilft Ihnen, den Täter zu finden.“

„Sofern der Täter überhaupt einer Ihrer Gäste ist“, seufzte Ilse. „Da der Platz offenbar von allen Seiten unbemerkt betreten werden kann, wird es ansonsten nämlich verdammt schwierig.“

„Hoffen wir das Beste“, meinte Vissers. „Obwohl ... Na ja, der Gedanke, dass einer von den anderen Campern ein eiskalter Killer sein könnte, gefällt mir auch nicht besonders.“

„Das Gefühl kann ich gut nachempfinden“, sagte Jenny. „Das habe ich schon zweimal durchmachen müssen. Wobei ...“ Sie legte einen Finger an die Lippen und überlegte einen Moment lang, dann wandte sie sich an die Polizistin. „Mir fällt da gerade etwas ein. Es gibt doch unter anderem die Opfer des Zeeland-Rippers, der noch immer nicht gefasst ist. Aber was ist mit anderen Todesfällen? Ist da noch irgendetwas ungeklärt?“

„Mehr als mir lieb sein kann“, grummelte Ilse. „Wieso fragen Sie danach?“

„Weil mir eben der Gedanke kam, dass Knut womöglich ermordet wurde, weil er hinter etwas gekommen war, das er besser nicht herausgefunden hätte.“ Als sie den ratlosen Blick der Polizistin sah, versuchte sie einen anderen Ansatz: „Nur mal angenommen, Knut ist durch ein Gespräch auf die Lösung gekommen, welcher der Camper vor beispielsweise vier Jahren einen Kellner ermordet hat. Vielleicht stellt er den Täter zur Rede, vielleicht lässt er das aber auch bleiben, und trotzdem wird dem Täter klar, dass Knut weiß, wie man ihm die Tat nachweisen kann. Also bringt er ihn um, damit er niemandem von seiner Erkenntnis berichten kann. Das wäre doch denkbar, oder?“

„Ja, denkbar wäre es."

„Das heißt, die Polizei müsste ungeklärte Morde mit den Daten der Camper abgleichen, um festzustellen, wer in der fraglichen Zeit hier auf dem Platz war und sich jetzt auch wieder hier aufhält", fuhr Jenny mit strahlender Miene fort. „Dann hätten Sie in einem Zug nicht nur den damaligen Mörder, sondern gleichzeitig den Wiederholungstäter geschnappt."

„Was Sie nicht sagen, Jenny", konterte Ilse und fügte dann in sarkastischem Tonfall an: „Wissen Sie, Jenny, Arbeitsbeschaffungsmaßnahmen sind ja eigentlich für die Arbeitnehmer gedacht, die akut unterbeschäftigt sind, aber nicht für die, die jetzt schon nicht mehr wissen, wo sie anfangen sollen. Was beispielsweise auf das unterbesetzte Morddezernat zutrifft."

„Ja, ich weiß", murmelte Jenny und bemühte sich um eine zerknirschte Miene, die ihr aber nicht gelingen wollte, da sie sich zu sehr über ihren Geistesblitz freute. „Aber Sie haben ja selbst gesagt, dass man auch der unwahrscheinlichsten Spur nachgehen muss, solange sie nicht auch noch unmöglich ist."

Ilse kniff die Augen zusammen. „Ich kann mich nicht daran erinnern, jemals so etwas gesagt zu haben."

„Es war auf jeden Fall irgendwas in dieser Art", sagte Jenny und ging betont unbekümmert über die Einwände der Polizistin hinweg. „Oder jemand anders hat es gesagt. Auf jeden Fall hat er damit völlig recht."

Kopfschüttelnd erwiderte Ilse mit einem unüberhörbar ironischen Unterton: „Solange irgendwer irgendetwas aus irgendeinem Anlass gesagt oder getan hat, ist doch eigentlich alles bestens, nicht wahr?"

„Sie wissen, wie ich es meine", entgegnete Jenny.

„Ja, und das ist auch Ihr großes Glück", knurrte Ilse und drehte sich wieder zum Platzbetreiber um. „Erweitern Sie bitte diese Liste um die Vorjahre, in denen die Camper auch schon hier waren, die heute einen Platz haben."

Vissers stutzte. „Ich soll ... was?"

„Commissaris Ruijters muss wissen, wann die Gäste, die momentan auf dem Platz sind, früher schon mal hier waren", warf Jenny ein. Sie hoffte, dass sie es so richtig zusammengefasst hatte, sah dann aber zu ihrer Erleichterung, wie die Polizistin ihr bestätigend zunickte.

„Das wird aber etwas länger dauern, bis ich das zusammengestellt habe", sagte Vissers mehr zu sich selbst. „Und für wie viele Jahre?"

„So weit, wie Sie es zurückverfolgen können", antwortete Ilse.

„Okay, aber sicher nicht bis 1964, richtig?", fragte er, klang aber ein wenig unsicher, so als fürchtete er, dass sie genau darauf bestehen könnte.

„Hmm", machte die Polizistin. „Theoretisch ja. Wer 1964 einen Mord begangen hat, müsste 1946 geboren sein, um nicht ‚nur‘ nach dem Jugendstrafrecht verurteilt zu werden. Moment mal ... oder wurde man 1964 noch mit einundzwanzig volljährig?" Sie schüttelte den Kopf und machte eine Notiz auf ihrem Block. „Das müsste ich erst mal nachsehen. Falls es einundzwanzig ist, müsste er 1943 geboren sein. Dann wäre er jetzt achtzig." Sie sah den Platzbetreiber an. „Wissen Sie auswendig, ob sich aktuell Camper im Alter zwischen fünfundsiebzig und achtzig auf dem Platz befinden?"

„Mit Sicherheit nicht", sagte Vissers. „Knut war mit Abstand der Älteste, die anderen Älteren sind im Höchstfall Anfang siebzig."

„Gibt es außer Meneer Jansen überhaupt Gäste, die schon seit vierzig oder fünfzig Jahren herkommen und die jetzt auch hier campen?", hakte Ilse nach.

Vissers zuckte hilflos mit den Schultern. „Das werde ich alles nachsehen müssen, Commissaris. Also ... wie viele Jahre muss ich nun zurückgehen?"

„Um nichts zu übersehen, müssten wir tatsächlich so weit wie möglich zurückgehen", sagte sie nachdenklich. „Aber warten Sie mal ... Wir könnten das von der anderen Seite her aufziehen. Ich lasse meine Leute zusammenstellen, in welchem Jahr es Morde oder versuchte Morde gegeben hat, die bislang nicht aufgeklärt werden konnten. Wir haben es ja nicht in jedem Jahr mit drei oder vier Morden zu tun, von denen ein oder zwei immer noch darauf warten, dass der Täter gefasst wird." Sie nickte, als wollte sie ihren eigenen Gedankengang bestätigen. „Ganz genau. So machen wir das. Ich lasse mir vom Dezernat die Daten dieser Fälle geben, dann können Sie ganz gezielt feststellen, welcher aktuelle Gast zu diesen Zeiten ebenfalls auf Ihrem Platz gecampt hat." Wieder nickte sie. „Gut, Meneer Vissers, Sie können sich jetzt ruhig um Ihre neuen Gäste kümmern. Ich werde später zu Ihnen kommen, sobald ich die Daten habe."

„Alles klar", sagte er, stellte sich auf seinen Roller und fuhr davon.

„Mit ein bisschen Glück verursacht Ihr Geistesblitz doch gar nicht so viel Aufwand", meinte Ilse zufrieden. „In vielen Fällen wurden die Opfer ja am nächsten Tag gefunden, also können wir von ganz konkreten Daten ausgehen."

„Das ist zwar richtig, aber ich wäre mir nicht so sicher, was den Aufwand angeht, Commissaris", wandte Houtmans ein.

„Und wieso nicht?"

„Weil ich mir gut vorstellen kann, dass Vissers Vater noch lange Zeit an den Traditionen seines Vaters festgehalten und erst spät auf Computer umgestellt haben dürfte", sagte der Polizist. „Womöglich hat sogar erst der Enkel darauf bestanden, die Platzbelegung nicht länger von Hand zu erfassen, sondern am PC zu erledigen. Es würde mich wundern, wenn mehr als die letzten fünfzehn Jahre am Computer erfasst wurden. Und dann heißt es, Liste für Liste zu durchsuchen, um die Gäste zu finden, die zu den betreffenden Zeiten hier campiert haben."

„Was ist denn mit dem Kassenbuch oder den Kontoauszügen?", gab Jenny zu bedenken. „Da gibt es doch normalerweise Belege, für welchen Zeitraum ein Gast bezahlt hat."

„Richtig", sagte Ilse, fügte dann aber mürrisch hinzu: „Und genau diese Belege dürfen nach zehn Jahren vernichtet werden, weil das Finanzamt davorliegende Zeiträume nicht noch mal aufrollt."

„Ach ja, stimmt", murmelte Jenny. „Daran hatte ich nicht gedacht, weil meine Eltern immer alles aufbewahrt haben. Ich habe jetzt noch Kisten voller Belege, die die alte Pension in Westkapelle betreffen."

Rainer musste grinsen, als er das hörte. „Das erinnert mich an meine Arbeit. Ich habe heute noch die Skizzen meiner ersten Masken, und ein paar Bruchstücke der ersten Maske liegen gut verpackt in einem Karton. Dummerweise ist das Material schon vor langer Zeit so spröde geworden, dass das alles zu Staub zerfällt, wenn man es nur lange genug eindringlich ansieht."

„Kann man die nicht konservieren?", wollte Houtmans wissen.

„Jetzt nicht mehr", antwortete Rainer betrübt. „Das hätte man schon vor Jahren machen müssen. Ich habe es mit einem kleinen Stück versucht, aber als es mit der Konservierungsflüssigkeit in Berührung kam, hat es sich aufgelöst wie ein Zuckerwürfel, der in eine Tasse Tee geworfen wird."

„Sagen Sie, Rainer", wandte sich Ilse an ihn. „Sind Sie im Moment mit irgendetwas beschäftigt?"

„Im Moment nicht", sagte er. „In nächster Zeit werde ich mich allerdings etwas rarer machen, weil ich an einer Serie mitarbeiten werde, die in Hilversum entstehen wird. Womit kann ich Ihnen denn behilflich sein?"

„Es geht um die Unterlagen in Hansens Wohnwagen. Die sind so gut wie alle auf Deutsch, was grundsätzlich kein großes Problem darstellt", erklärte sie. „Aber ein Muttersprachler erkennt auf den ersten Blick, ob es sich um eine wichtige Notiz oder ein wichtiges Dokument handelt, während meine Kollegen und ich doch immer wieder bestimmte Begriffe übersetzen lassen müssten, um beurteilen zu können, was wir da vor uns haben. Es würde uns sehr helfen, wenn Sie sozusagen vorsortieren könnten, was ohne Bedeutung ist, was wichtig sein könnte und was unbedingt zu beachten ist."

Rainer nickte bereits, während die Polizistin noch redete. „Das ist kein Problem", sagte er und fügte nach kurzem Zögern hinzu: „Vorausgesetzt, Knut hat einigermaßen Ordnung gehalten. Schwierig dürfte es dann werden, wenn er alles Mögliche wild durcheinander auf einen Stapel geworfen hat und man nicht mehr erkennen kann, was wozu gehört."

„Ja, ich verstehe. Ich schlage vor, Sie sehen sich das einfach mal an. Dann werden Sie mir ja vielleicht schnell sagen können, mit wie viel Aufwand Sie rechnen."

„Gerne", sagte er, dann folgten er und Jenny der Commissaris und dem Wijkagent nach nebenan. Wim Houtmans schob den Sichtschutz zur Seite, damit die anderen vorbeigehen konnten. Dann schloss er ihn wieder und blieb draußen, um unerwünschte Gaffer weiterzuschicken und um die Spurensicherung zu sich zu lotsen, sobald die Leute hier eintrafen.

Knuts Leichnam war nun unter einem weißen Laken verborgen, damit nur diejenigen den Toten zu sehen bekamen, die auch einen berechtigten Grund dazu hatten.

„Wir müssen noch warten, bis das Team von der Spurensicherung hier ist", erklärte Ilse. „Wenn sie den Eingangsbereich untersucht haben, können Sie rein. Nach den Blutspritzern zu urteilen, hat der Täter den Wohnwagen nie betreten. Offenbar hat Hansen die Tür aufgemacht, und dann wurde er auf der ersten oder zweiten Stufe stehend von seinem Mörder mit dem Messer attackiert. Nachdem er mehrere Male zugestochen hat, hat er die Tür schnell wieder zugemacht und sich vom Tatort entfernt. Hansen ist nach vorn gegen die Tür gekippt, aber da kein Platz vorhanden war, um zu Boden zu sinken, hat er immer noch gegen die Tür gelehnt dagestanden, als er längst tot war. Das würde auch erklären, wieso Sie, Rainer, von ihm zu Boden gerissen wurden, als Sie dann heute Mittag die Tür öffneten."

„Das klingt einleuchtend", sagte Rainer und folgte der Polizistin nach links zu einem Fenster, zu dem sie ihn winkte.

Sie schaltete die Taschenlampe an ihrem Handy ein und drückte es gegen das Fenster. „Das sind die Unterlagen, von denen ich vorhin gesprochen habe. Das scheint ein kleines Büro zu sein, da stehen mehrere Ordner im Regal, und da unten liegen mehrere Papierstapel auf etwas, das nach einem alten Sekretär aussieht."

Rainer legte die Hände an die Fensterscheibe, um das von allen Seiten kommende Licht auszublenden. Er sah die Unterlagen auf dem Sekretär, die Stapel auf der oberen Ablagefläche und die Ordner im Regal. Deren Beschriftung auf dem Rücken war zwar zu klein, um sie auf diese Entfernung entziffern zu können. Dennoch war sie klar und präzise genug, dass Rainer sich sehr sicher sein konnte, den größten Teil der Unterlagen gut sortiert vorzufinden.

4. Kapitel

Nachdem die Spurensicherung eingetroffen war und angekündigt hatte, den Wohnwagen frühestens in zwei Stunden freigeben zu können, machten sich Ilse mit Jenny und Wim mit Rainer in entgegensetzte Richtung auf den Weg, um die anderen Camper zu befragen.

„Wirklich ein idyllischer Platz", stellte Ilse fest, nachdem sie um die nächste Ecke gebogen waren. „Man hat irgendwie das Gefühl, allein für sich im Wald zu campieren, aber nicht auf einem weitläufigen Gelände."

„Ich bin zwar niemand, den man für einen Urlaub im Wohnwagen oder im Zelt begeistern könnte", räumte Jenny ein, „aber der Platz, den Vissers damals angelegt hat, ist wirklich was Besonderes. Wenn ich an Berichte über andere Campingplätze denke, auf denen die Wohnwagen millimetergenau nebeneinander platziert werden, um wirklich jeden Quadratmeter nutzen zu können, dann herrschen hier paradiesische Zustände. Kein Wunder, dass der Platz immer schon auf Jahre hinaus ausgebucht ist."

„Das ist wirklich kein Wunder", sagte Ilse. „Ich möchte nicht wissen, wie lang die Warteliste ist."

„Wie lang sie genau ist, weiß ich auch nicht. Aber ich könnte mir vorstellen, dass man mit dem Reservieren nicht warten sollte, bis man tatsächlich einen Wohnwagen gekauft hat. Dann dürfte nämlich die Garantie längst abgelaufen sein, wenn man endlich damit in den Urlaub fahren kann."

„Ich will nicht indiskret sein, aber tut der Platz Ihrer Pension eigentlich keinen Abbruch?", fragte die Polizistin, kurz bevor sie bei Knut Hansens erstem Nachbarn angekommen waren.

Jenny erwiderte lächelnd: „Indiskret ist es eigentlich schon, aber das stört mich nicht. Nein, der Campingplatz schadet mir nicht. Im Gegenteil, ich profitiere sogar davon." Sie machte eine ausholende Geste. „Sehen Sie, diese Leute sind alle hier, weil sie eben nicht in einer Pension oder einem Hotel sein wollen. Sie möchten den Urlaub in ihren eigenen vier Wänden verbringen, wo alles an seinem Platz ist. In einem Hotel muss man sich jedes Mal an ein anderes Zimmer gewöhnen. Mal stehen die Betten richtig, mal viel zu weit weg vom Fenster, mal zu nah am Fenster. Das Badezimmer ist mal so, mal so angeordnet, immer muss man sich überlegen, wo man seine Habseligkeiten hinlegen will, und dann sucht man dieses und jenes, weil man es von zu Hause gewohnt ist, nach rechts zu greifen, wo der kleine Beistellschrank steht. Nur befindet sich da gar kein Beistellschrank, sondern der Heizkörper. Den Wohnwagen richtet man einmal so ein, wie man es will, und dann weiß man, wo man was findet." Sie zuckte mit den Schultern. „Aber das Schöne ist, dass man im Urlaub nicht auch zwangsläufig in der eigenen Küche arbeiten und nach dem Essen alles spülen und wegräumen möchte. Das heißt, die Camper gehen relativ häufig essen, wenn nicht gerade reihum gegrillt wird, und das ist der Moment, in dem ich von ihnen profitiere. Knut war nur einer von ziemlich vielen

Stammkunden, nur kam er das ganze Jahr über zum Essen vorbei, während ich praktisch alle anderen drei oder vier Wochen im Jahr sehe und dann fast ein Jahr lang nicht mehr."

„Dann war Meneer Hansen der einzige Dauercamper?", fragte Ilse.

„Jedenfalls der einzige Camper, der immer anwesend war, soweit ich das sagen kann", antwortete sie. „Ein paar von den Stammgästen waren schon mal drei oder vier Monate am Stück hier. So was fällt immer auf, wenn sie nach dem Ende ihrer heimischen Schulferien immer noch in meine Pension kommen. Aber die Liste, die Victor zusammenstellt, wird genauer darüber Auskunft, wer sich wie lange hier einquartiert hat."

Die Polizistin nickte grimmig. „Ich hoffe, diese Liste hilft uns wirklich weiter."

„Warum sollte sie das nicht?"

„Ganz einfach: Wenn die Aufenthaltszeiten der Camper nicht zu den ungeklärten Mordfällen passen, können oder besser gesagt *müssen* wir jeden ausschließen, der mit seinem Wohnwagen nach Zuiderdijk kommt", erklärte sie. „Und das ist schlecht, weil wir dann ganz woanders nach dem Täter suchen müssen, und wo das sein soll, das weiß ich noch nicht."

„Hm", machte Jenny und folgte ihr zu dem Wohnwagen, neben dem ein Mercedes SUV parkte. So teuer wie der Wagen war, so teuer sah auch der Wohnwagen aus, bei dem es sich um ein noch sehr neues Modell handeln musste. Genauso luxuriös wirkte auch der riesige Grill, der eine halbe Armee hätte versorgen können. „Vielleicht haben wir ja Glück, und Ihnen öffnet Knuts Killer, der sofort die Flucht ergreift, wenn er Sie ‚Polizei' sagen hört. Aber natürlich werden Sie ihn nach wenigen Metern einholen und zu Fall bringen, um ihm dann die Handschellen anzulegen."

„O ja, so was passiert ständig", gab Ilse leise seufzend zurück. „Und dann klingelt regelmäßig der Wecker."

Jenny musste schmunzeln, als sie das hörte. „Ich wollte Sie ja nur ein bisschen aufmuntern, weil die Aussichten so düster sind, was Knuts Mörder angeht."

„Halb so wild", wehrte die Polizistin ab. „Es gibt immer noch Fälle, die einem viel mehr abverlangen. Außerdem haben wir ja noch gar nicht richtig angefangen." Dann drehte sie sich zum Wohnwagen um und klopfte dreimal energisch an, um auch ganz sicher gehört zu werden.

Ein Mittfünfziger in Unterhemd, Jogginghose und Cordpantoffeln öffnete die Tür und kam zu ihnen auf die kleine Veranda. In einer Hand eine Bierflasche, im Mundwinkel eine Zigarre, deren dichter Qualm einen eher unangenehmen Geruch verbreitete. „Ja, bitte?"

„Guten Tag, ich bin Commissaris Ruijters von der Polizei Zeeland", stellte sie sich dem Mann vor und hielt dabei Ihren Dienstausweis hin. „Das ist meine Assistentin Mevrouw van Oosterburg. Ich möchte Ihnen ein paar Fragen stellen."

Der Mann wurde rot. „Was? Hat der Kerl mich angelogen? Nimmt mir tausend Euro ab und sagt, er will den Mund halten, und jetzt ist er doch zur Polizei gerannt?"

„Bitte?"

„Na, dieser dämliche Radfahrer, der mir vor den Wagen gefahren und im Graben gelandet war", schimpfte der Mann entrüstet weiter. „Ich hätte den Kerl doch einfach liegen lassen sollen!"

„Tja, so etwas kommt vor", sagte Ilse, während sich
Jenny noch wunderte, was hier eigentlich los war. „Ich
muss Sie natürlich zur Wache mitnehmen. Allerdings
empfehle ich Ihnen, dass Sie zuvor den Vorfall schrift-
lich darstellen, natürlich mit allen Details zu Ort und
Zeit. Das können wir dann in Ruhe mit der Darstellung
des anderen Beteiligten vergleichen, um festzustellen,
ob es da irgendwelche erheblichen Abweichungen gibt,
denen wir auf den Grund gehen müssen."

„Ja, okay", murmelte der Mann, der zusammenge-
zuckt war, als er gehört hatte, dass sie ihn zur Wache
mitnehmen wollte. „Wenn ich das alles aufschreibe, bekomme ich dann keinen Ärger?"

„Das werden wir sehen, wenn wir wissen, was Sie aufgeschrieben haben", erwiderte Ilse.

„Hmpf", machte der Mann. „Das kann ja heiter werden." Er sah an sich herab. „Ich muss mich aber erst
noch umziehen."

„Selbstverständlich", sagte die Polizistin und wartete,
bis er die Tür hinter sich geschlossen hatte. „Sie bleiben
hier und passen auf, dass er nicht auf diesem Weg entwischt. Ich werde in der Zwischenzeit mal nachsehen,
ob dieses Luxusgefährt einen Notausgang hat, damit
man vor der Steuerfahndung und vor dem Gerichts-
vollzieher weglaufen kann." Sie zog ihr Handy aus der
Tasche und ging um den großen Anhänger herum, bis
sie aus Jennys Blickfeld verschwunden war.

Ein paar Minuten später kehrte sie zurück und leis-
tete Jenny wieder Gesellschaft. „Es gibt tatsächlich einen Notausgang, aber unser Unfallflüchtiger hat den
Wohnwagen so ungeschickt hingestellt, dass genau vor

der Tür ein Baum steht. Wenn die Tür nach außen aufgeht, hat er nicht genug Spielraum, um sie zu öffnen. Geht sie nach innen auf, reicht der Platz nicht, um sich an diesem Stamm vorbeizuzwängen." Dann deutete sie auf ihr Handy. „Ich habe mit den Kollegen auf der Wache gesprochen, die mir sagen konnten, dass inzwischen nach einem schwarzen SUV mit österreichischem Kennzeichen gefahndet wird, weil ein Radfahrer mit schweren Verletzungen ins Krankenhaus eingeliefert wurde."

„Mit schweren Verletzungen?", wiederholte Jenny verdutzt. „Er muss doch gleich wieder aufgestanden sein, wenn er sich mit dem Mann hier auf den Deal eingelassen hat, für tausend Euro den Mund zu halten."

„Wahrscheinlich hat der Radfahrer unter Schock gestanden und ist deswegen auf dieses Angebot eingegangen", erwiderte Ilse. „Und dann hat der Schock auch dafür gesorgt, dass er von der Schwere seiner Verletzungen nichts wahrgenommen hat. Irgendwann ebbt der Schock ab, und erst dann wird einem bewusst, dass man einen Beinbruch erlitten hat."

„Ach ja, stimmt. Der Schock", sagte Jenny nachdenklich. „Den hatte ich ganz vergessen. Aber es könnte ja auch sein, dass der Schock nachgelassen hat und die Schmerzen so plötzlich auftraten, dass er erst daraufhin einen richtig schweren Unfall baute."

„Denkbar ist das", pflichtete Ilse ihr bei. „So oder so hat sich unser Freund hier falsch verhalten, und dafür wird er jetzt zur Rechenschaft gezogen. Ehrlich gesagt kann er sogar froh sein, dass der Radfahrer ‚nur' schwer verletzt eingeliefert wurde. Sonst würde das Gericht ihn jetzt schon mindestens wegen Körperverletzung mit Todesfolge ins Gefängnis stecken."

„Tja, das war ja schon mal ein interessanter Auftakt", meinte Jenny grinsend. „Am Ende werden Sie noch den Campingplatz leer räumen, weil Sie nach und nach ein Nest von Steuersündern, Unfallflüchtigen und per Haftbefehl Gesuchten ausheben."

„In meiner Personalakte würde sich das zweifellos gut machen", erwiderte die Polizistin und musste ebenfalls grinsen. „Aber für unsere Arbeit ist das jetzt schon ein Ärgernis. Agent Houtmans muss den Mann entweder zur Wache bringen oder ihn bewachen, bis die Kollegen einen Wagen vorbeischicken können, der ihn abholt. Ihr Freund kann nicht allein die Leute befragen, da handele ich mir Ärger ein."

„Das ist wirklich unpraktisch", sagte Jenny nachdenklich, bis sie sich auf einmal an die Stirn tippte. „Er muss doch gar nicht in offiziellem Auftrag der Polizei Leute befragen, er kann doch genauso gut aus eigenem Interesse bei den Platznachbarn nachfragen. Er sagt, ich wollte einen Bekannten auf dem Platz besuchen, und jetzt hat die Polizei da alles abgesperrt, weil der Bekannte letzte Nacht umgebracht worden ist. Und dann fragt er, ob irgendjemand was Näheres weiß. So als würde er sich in einer Kneipe in eine Unterhaltung am Nebentisch einmischen, weil es um ein Thema geht, zu dem er was sagen kann."

Ilse schaute grübelnd drein und kaute auf der Unterlippe herum. Schließlich nickte sie zögerlich. „Ja, das geht. Er kann ja herumfragen, ob jemand was gehört hat oder ob Meneer Hansen in letzter Zeit mit irgendwem Streit hatte."

Jenny griff zu ihrem Handy, um Rainer Bescheid zu geben, was hier vorgefallen war und wie er weiter vorgehen sollte. Gleichzeitig rief Ilse den Wijkagent an, damit der zu ihnen kam und den Unfallfahrer in Gewahrsam nahm, dessen Namen sie bislang nicht mal kannten.

Sie waren mit ihren Telefonaten fast gleichzeitig fertig, und nur Sekunden später kam der Mann wieder aus dem Wohnwagen, diesmal trug er einen Trainingsanzug und Laufschuhe, die beide in krassem Gegensatz zu seinem Bauch standen, der davon zeugte, dass dieser Mann weder trainierte noch lief.

„So, ich habe alles aufgeschrieben", verkündete er. „Auch, dass es nicht meine Schuld war."

„Unterschrieben und mit Ihrem Namen und Adresse versehen haben Sie das auch?"

„Unterschrieben? Oh", murmelte er. „Name und Adresse stehen drauf, aber die Unterschrift … Sekunde." Er ging wieder nach drinnen.

„Und bringen Sie auch Ihren Personalausweis mit", rief Ilse ihm hinterher.

„Bin schon dabei", gab er zurück und kam gleich darauf erneut nach draußen. „Was soll ich meiner Frau notieren, wo sie mich erreichen kann? Sie ist nämlich im Moment mit ein paar Freundinnen am Strand und scheint ihr Handy nicht zu hören."

Ilse nannte ihm die Nummer eines Anschlusses auf der Wache, die sie wählen konnte, ohne den Notruf mit ihrem Anruf zu blockieren.

Als er danach ein weiteres Mal den Wohnwagen verließ, war Wijkagent Houtmans bereits zur Stelle, um ihn in Empfang zu nehmen. „Wir gehen zur Einfahrt auf den Campingplatz, die Kollegen wollen in der nächsten Viertelstunde da auftauchen und Sie mitnehmen", verkündete er.

Ilse gab ihm die Darstellung des Unfalls und den Ausweis. „Geben Sie das den Kollegen mit, damit sie wissen, was sie mit Meneer … Schilling anfangen sollen."

Wim Houtmans überflog die Aussage zum Unfallhergang und zog verwundert die Augenbrauen zusammen. „Aber wie …"

„Fragen können Sie mir stellen, wenn Sie Meneer Schilling an die Kollegen übergeben haben", fiel sie ihm ins Wort und fügte so leise an, dass nur der Polizist sie hören könnte. „Und sagen Sie zu ihm nichts, was ihn auf den Gedanken bringt, dass das ein purer Zufallstreffer war. Er soll glauben, dass wir ihn gesucht und hier gefunden haben. Sonst schafft sein Anwalt es noch, ihn als Opfer einer Verwechslung hinzustellen und dafür zu sorgen, dass wir ihn laufen lassen müssen."

„Alles klar", erwiderte Wim. „Ich werde nur das Nötigste sagen und ihn an die Kollegen verweisen." An den Unfallfahrer gewandt sagte er: „Dann kommen Sie mal mit, Meneer Schilling."

Nachdem die beiden gegangen waren, zeigte Ilse auf das Wohnmobil auf der gegenüberliegenden Seite und meinte ironisch: „Hoffen wir, dass wir da nicht auf ein illegales Bordell oder etwas Ähnliches stoßen."

Ihre Hoffnung erfüllte sich, denn auf der Rasenfläche hinter dem quer abgestellten Wohnmobil vertrieb sich eine Familie mit zwei kleinen Kindern die Zeit mit einer Art Federballspiel, für das die beiden Mädchen noch entschieden zu klein waren. Das hielt sie aber nicht davon ab, mit den Schlägern herumzufuchteln und triumphierend zu lachen, wenn sie den Schaumgummiball mal durch Zufall erwischten.

Ilse stellte sich und Jenny den beiden vor. „Wir sind die Kowalskis aus Wuppertal", sagte der bärtige Mann, der Mitte bis Ende zwanzig zu sein schien. Seine Frau war noch damit beschäftigt, ihre beim Spielen außer Kontrolle geratene blonde Mähne zu bändigen, als sie sich dazustellte. „Wie können wir Ihnen helfen?"

„Kennen Sie den älteren Mann aus dem Wohnwagen, der da drüben links auf dem letzten Stellplatz steht?", fragte Ilse.

„Meinen Sie diesen …? Wie heißt er …? Jansen … oder Hansen?", erwiderte die Frau besorgt. „Ist ihm etwas zugestoßen?"

„Darf ich fragen, wie Sie darauf kommen?"

„Weil ich vor einer halben Stunde vom Einkaufen zurückgekommen bin und Sie beide und noch einen Mann gesehen habe, wie Sie von einem Polizisten an diesem Sichtschutz vorbeigelassen wurden, der vor zwei Stunden noch nicht da gestanden hatte." Die junge Frau schüttelte sich unwillkürlich. „So ein Sichtschutz bedeutet eigentlich nie was Gutes."

„Da haben Sie leider recht, Mevrouw Kowalski", sagte Ilse leise, um nicht von den tobenden Kindern gehört zu werden. „Meneer Hansen ist letzte Nacht ermordet worden."

„O mein Gott", flüsterte die Frau und klammerte sich an ihren Mann, der ihr tröstend einen Arm um die Schultern legte. „Wer tut so was?"

„Das wissen wir noch nicht", antwortete die Polizistin wahrheitsgemäß. „Und deswegen sind wir hier, weil wir wissen wollen, ob Sie in der vergangenen Nacht irgendetwas gesehen oder gehört haben. Laute Stimmen, dumpfe Geräusche? Oder ist Ihnen in den letzten Tagen jemand aufgefallen, der sich eigenartig verhalten hat?"

„Wir sind erst seit zwei Tagen hier", sagte der junge Mann. „Wir haben noch so gut wie niemanden kennengelernt. Nur das ältere Ehepaar von gegenüber, das den Mercedes fährt, und diesen ... Hansen, richtig? Er hat uns nach unserer Ankunft begrüßt und gesagt, dass wir uns mit allen Fragen zum Platz an ihn wenden können, weil er von allen am längsten hier ist und über alles Bescheid weiß."

„Ja, er wusste hier wirklich über alles Bescheid", bestätigte Jenny mit ernster Miene. „Leider hat ihm das aber nicht das Leben retten können."

Das junge Paar sah sie und Ilse unschlüssig an. „Also, wir können Ihnen da wirklich nicht weiterhelfen", sagte die Frau. „Wir haben uns erst mal hier so eingerichtet, wie es uns am besten gefällt. Unsere nächsten Nachbarn wollten wir heute Abend begrüßen, aber vielleicht verschieben wir das um einen Tag. Ich meine, wir wissen praktisch nichts über diesen Meneer Hansen, und wenn die anderen dann an irgendwelche Begebenheiten zurückdenken, werden die sicher keine Lust haben, uns das alles zu erklären."

Jenny legte den Kopf ein wenig schräg. „Vielleicht wäre das ja genau das, was sie jetzt brauchen. Aber ich denke, ich an Ihrer Stelle würde eventuell abwarten, ob die anderen lieber unter sich sein wollen oder ob sie herkommen und Sie einladen, um auf Knut Hansen anzustoßen."

Die beiden sahen sich an und nickten. „Ja, das wäre vielleicht wirklich besser. Alles andere könnte aufdringlich erscheinen", fand der junge Mann.

Sie verabschiedeten sich und gingen weiter zum nächsten Wohnwagen, der so wie der von Hansen schon bessere Zeiten erlebt hatte, aber dem Siegel auf dem Kennzeichen nach zu urteilen immer noch im aktiven Dienst zu sein schien. Eine Frau um die fünfzig war gerade damit beschäftigt, die Wäsche zum Trocknen aufzuhängen, als Jenny und Ilse zu ihr kamen. Die Polizistin stellte sie beide vor und begann mit den routinemäßigen Fragen.

„Knut? Was ist denn mit ihm?", gab sie sich erschrocken, als sie sich zu irgendwelchen ungewöhnlichen Beobachtungen äußern sollte.

„Wissen Sie das noch nicht? Er wurde letzte Nacht in seinem Wohnwagen ermordet", sagte Ilse in ruhigem Tonfall.

„Ermordet?", wiederholte die Frau, die mit den Tränen kämpfen musste. „Wer ermordet denn so einen netten Menschen wie ihn?", fragte sie schluchzend. „Der hat doch niemandem etwas getan. Er hat mich immer an meinen Vater erinnert, immer so ruhig und gelassen, immer Herr der Lage. Er …" Sie wischte sich die Tränen weg. „Und Sie wissen nicht, wer das getan hat?"

„Darum fragen wir jetzt ja bei Ihnen und den anderen Campern nach", erwiderte die Polizistin. „Wir können dem Täter wohl nur auf die Spur kommen, wenn wir so viele Informationen wie möglich zusammentragen. Wir müssen wissen, ob Sie letzte Nacht etwas Ungewöhnliches gehört haben. Haben Sie in den vergangenen Tagen gesehen, dass Meneer Hansen mit Leuten zu tun hatte, die Ihnen nicht bekannt vorkamen? Haben sich Fremde auf dem Campingplatz aufgehalten? Oder in der Umgebung, von wo aus man Meneer Hansens Wohnwagen sehen konnte? Hat er selbst irgendetwas gesagt, was man so auslegen könnte, als hätte er sich bedroht gefühlt? Hat er von irgendwelchen Problemen geredet, die ihm zu schaffen machten? Oder hat er einfach nur von ungewöhnlichen Beobachtungen geredet, die sich in dem Moment ganz harmlos anhörten, die aber rückblickend vielleicht gar nicht so harmlos klingen?"

Die Frau, die sich immer wieder die Tränen wegwischen musste, schüttelte wieder und wieder den Kopf. „Knut hat nie von eigenen Problemen erzählt, weil er die wohl auch gar nicht hatte. Er war immer sehr positiv eingestellt, selbst wenn der Paketbote einen Karton mit Büchern im strömenden Regen am Rand des Stellplatzes ablegte, anstatt ihn bis zum Wohnwagen zu bringen, wo er extra ein Regal aufgebaut hatte, damit eben nichts vom Regen aufgeweicht wird." Sie zuckte mit den Schultern. „Wenn er wirklich mit jemandem Ärger gehabt haben sollte, dann kann ich mir nicht vorstellen, dass er einen Streit so aus dem Ruder hätte laufen lassen, dass der andere ihn umbringen wollte. Er hätte eher dem anderen zugestimmt, auch wenn er das nicht so gemeint hätte. Aber um des lieben Friedens willen wäre er von seinem Standpunkt abgerückt. Davon bin ich überzeugt." Sie atmete seufzend durch und sagte unter Tränen: „Bestimmt ist er einer Verwechslung zum Opfer gefallen. Jemand wollte einen Wohnwagen ausrauben, in dem viel Schmuck und Geld zu finden ist, und dann hat er sich den falschen Wohnwagen ausgesucht, ist auf Knut gestoßen und hat ihn ermordet, weil er ihm im Weg war. Es gibt hier nämlich einige Leute, die für meinen Geschmack zu viel Bargeld und zu viel teuren Schmuck in ihrem Wohnwagen liegen haben. So was lockt nur die falschen Leute an, und einer von denen …“

„Nein, die Lage ist eindeutig so“, unterbrach Ilse die Frau, „dass es jemand auf ihn abgesehen hatte.“

Die Frau sah sie verständnislos an. „Woher wollen Sie das wissen?“

„Es gibt Umstände, zu denen ich nichts sagen kann, die keinen Zweifel daran lassen, dass der Täter Meneer Hansen hatte töten wollen, aber niemanden sonst“, sagte die Polizistin in einem Tonfall, der der anderen Frau klarmachen sollte, dass dem Ganzen nichts hinzuzufügen war.

Die schüttelte den Kopf. „Verstehe ich nicht. Das klingt ja so, als hätte jemand einen Zettel an die Tür geklebt, dass er nur vorbeigekommen ist, um den armen Knut zu töten. Ich kann mir nichts vorstellen, was der Mann irgendeinem anderen Menschen angetan haben könnte, dass jemand ihn umbringen wollte. Das ist völlig unsinnig!“

„Das mag aus Ihrer Einschätzung heraus so sein“, sagte Ilse geduldig, drehte sich aber schon ein Stück weit weg, „doch die Fakten, die uns vorliegen, sprechen eine andere Sprache. Bedauerlicherweise geben sie aber keinen Hinweis auf den Täter.“ Bevor die Frau noch etwas erwidern konnte, dankte die Polizistin ihr für die Zeit, die sie für die Fragen geopfert hatte, und zog Jenny mit sich, während sie sich verabschiedete.

Zurück auf dem Weg, der im Zickzack über den Platz verlief, sagte Jenny: „Je weiter wir uns von Hansens Stellplatz entfernen, desto geringer dürfte die Chance werden, jemanden zu finden, der etwas gehört oder gesehen hat."

„Das ist richtig", stimmte Ilse ihr zu. „Es entbindet mich aber nicht von der Pflicht, die Leute zu befragen, die sich zum Zeitpunkt der Tat in der Nähe des Tatorts aufgehalten haben. Wenn ich das nicht mache und wir finden einen Verdächtigen, dann kann es passieren, dass wir den wahren Täter freilassen müssen, weil wir nicht gründlich genug nach möglichen anderen Verdächtigen gesucht haben." Sie knurrte verärgert. „Die Richter, die solche Entscheidungen treffen, sollten selbst mal auf einem Platz wie diesem hier jeden einzelnen Gast befragen. Dann wüssten sie, was für alberne Vorstellungen sie von der Arbeit der Polizei haben." Sie stutzte, als sie das Gefühl bekam, dass Jenny ihr gar nicht zuhörte, da ihr Blick nach oben gerichtet war. „Hallo? Führe ich jetzt schon Selbstgespräche?"

Jenny wurde aus ihrem Gedankengang geholt, drehte sich zu Ilse um und sagte: „Ich glaube, ich habe einen Weg gefunden, wie Sie sich und mir viel Lauferei ersparen können, ohne dass Ihnen anschließend jemand vorwerfen kann, nur oberflächlich gearbeitet zu haben."

„Tatsächlich?"

Sie nickte und deutete mit einer Kopfbewegung auf einen Punkt über dem gegenüber abgestellten Wohnwagen. Es dauerte eine Weile, dann entdeckte Ilse, was Jenny meinte. „Der Lautsprecher?“

„Ganz genau. Wenn die Anlage noch in Betrieb ist, was sie eigentlich sein müsste, weil es ja sein kann, dass alle auf dem Platz wegen einer plötzlich aufziehenden Sturmfront gewarnt werden müssen, dann können Sie sie zu einem Aufruf nutzen, sich mit Informationen an Sie zu wenden.“

Ilse zog erfreut die Augenbrauen hoch und strahlte über das ganze Gesicht. „Das ist ja perfekt ... sofern die Anlage noch in Betrieb ist.“

„Fragen wir doch einfach den Vissers-Enkel“, schlug Jenny vor. „Ich bin mir ziemlich sicher, dass das noch funktioniert. Vissers muss im Ernstfall die Gäste auf seinem Platz warnen können, aber nicht den Rest von Zuiderdijk, weil Wohnwagen nun mal leichter wegfliegen als massive Häuser. Ich bin mit den technischen Voraussetzungen nicht vertraut, aber ich kann mir nicht vorstellen, dass sich eine Warn-App allein auf den Campingplatz beschränken lässt.“

„Abgesehen davon braucht für eine Lautsprecherdurchsage niemand ein Smartphone“, ergänzte Ilse. „Dann werden wir doch einfach mal zu Meneer Vissers gehen und ihn fragen, wie es um diese Lautsprecher bestellt ist.“

Am nächsten Morgen machte Ilse zum dritten und letzten Mal die Durchsage an alle Camper, zum Empfang zu kommen und ihr Meldung zu machen, die etwas beobachtet hatten, das mit Knut Hansens Tod zu tun haben könnte. Sie hatte sich kurz nach der Entdeckung der Lautsprecher am Tag zuvor gegen fünf Uhr am Nachmittag an die Urlauber gewandt, dann noch einmal gegen halb zehn am Abend. Eine spätere Durchsage hatte sie nicht für angebracht gehalten, stattdessen war sie am Freitagmorgen wieder hergekommen, um die Camper zu erwischen, die am Abend zuvor erst spät zurückgekommen waren, an diesem Morgen aber nicht schon wieder auf den Beinen waren.

Jenny hatte ihr jedes Mal Gesellschaft geleistet – zum einen, weil sie wissen wollte, ob jemand etwas Nennenswertes beobachtet hatte, zum anderen aber auch, weil viele der Camper sie von den Besuchen im Huis Zonnebloem kannten. Sie hoffte, durch ihre Anwesenheit ein wenig diejenigen Gemüter zu besänftigen, die sich von den Durchsagen gestört fühlten. Ob sich ihre Absicht erfüllt hatte oder ob die Camper gar nicht erst vorgehabt hatten, der Polizistin die Meinung zu sagen, würde eine Frage bleiben, auf die sie keine Antwort erhalten würde, aber auf jeden Fall verhielten sich alle Leute zivilisiert.

Insgesamt lösten alle drei Durchsagen ein größeres Echo aus als erwartet, jedoch täuschte die Anzahl der Reaktionen. Die meisten Camper begaben sich zum Empfang, um dort nachzufragen, was denn überhaupt mit Knut Hansen geschehen war. Der Campingplatz war schlicht zu groß und zu verwinkelt, wodurch sich Neuigkeiten offenbar nicht wie sonst üblich wie ein Lauffeuer herumsprachen. Ilse war von dieser Art der Resonanz auf ihre Lautsprecherdurchsage gar nicht begeistert, weil sie diejenige war, die Informationen über die Ereignisse in der Nacht von Hansens Tod benötigte.

Sinn des Aufrufs war es aber nicht gewesen, die Öffentlichkeit über den Stand der Dinge zu informieren, weshalb sie bei ihrer letzten Durchsage am Freitagmorgen ausdrücklich darauf hinwies, dass sich nur diejenigen am Empfang meldeten, die in der Nacht tatsächlich etwas gesehen oder gehört oder die in den vorangegangenen Nächten irgendetwas beobachtet hatten, was mit Hansens Ermordung zu tun haben könnte.

Trotzdem fand sich in der folgenden Viertelstunde wieder eine Gruppe von diesmal etwas mehr als einem Dutzend Camper ein, von denen gut die Hälfte nur gekommen war, um etwas von Ilse zu erfahren.

Frustriert seufzend schickte sie alle weg, die nichts zu berichten hatten. Der Frust der Polizistin steigerte sich dann noch etwas mehr, als sich herausstellte, dass diejenigen, die geblieben waren, letztlich auch nichts gehört oder gesehen hatten, was bei der Suche nach dem Mörder hätte weiterhelfen können. Stattdessen betonten die, die weder Augen- noch Ohrenzeugen irgendwelcher Begleitumstände des Mordes gewesen waren, dass sie Knut Hansen als einen netten und stets hilfsbereiten Mann erlebt hatten, der für jeden ein offenes Ohr hatte. Praktisch von jedem bekamen sie und Jenny zu hören, dass sich niemand vorstellen konnte, wer einen Anlass haben sollte, den alten Hansen umzubringen, hatte der doch keiner Menschenseele jemals etwas angetan.

„Allmählich kann ich mich in die Leute hineinversetzen, die einen anderen umbringen, weil der ihnen unsagbar auf die Nerven gegangen ist", sagte Ilse später leise zu Jenny, als sie den Campingplatz in Richtung Zuiderdijk überquerten.

„Lassen Sie das lieber nicht den Falschen hören“, gab Jenny schmunzelnd zurück. „Aber ich weiß, was Sie meinen. Okay, ich kann nachvollziehen, dass Knuts Tod viele Camper betroffen macht und dass sie das Bedürfnis haben, über ihn zu reden und zu betonen, was für ein netter und guter Mann er war. Bloß wenn mich die Polizei fragt, ob ich jemanden gesehen habe, der sich in der Nacht dem Wohnwagen genähert hat, dann plaudere ich nicht über irgendwelche Erlebnisse, die sich vor dreißig Jahren abgespielt haben, sondern ich beantworte die Frage.“

„Wenn wenigstens einer von ihnen erzählt hätte, dass Meneer Hansen im August 1976 in eine Schlägerei verwickelt war“, fügte Ilse hinzu, „dann würde das noch halbwegs Sinn ergeben, auch wenn es dann trotz allem ziemlich unwahrscheinlich wäre, dass es einen Zusammenhang zwischen den beiden Ereignissen gibt.“

„Vielleicht sollten Sie einen Seelsorger anfordern, der sich zwei, drei Tage auf dem Campingplatz aufhält“, schlug Jenny vor.

Ilse blieb stehen und sah sie irritiert an. „Nehmen Sie mich gerade auf den Arm, oder ist das Ihr Ernst?“

„Das ist mein Ernst“, beteuerte Jenny. „Ich meine, diese Leute hier wollen ja ganz offensichtlich über Knut reden, weil sein Tod sie so betroffen macht. Warum kein Seelsorger? Oder ein Psychologe? Jemand, dem sie von Knut erzählen, und der auch exakt dafür da ist. Jemand, der nicht frustriert und genervt ist“, fügte sie mit einem Augenzwinkern an, „nur weil er nicht das zu hören bekommt, was er hören will.“ Jenny verzog den Mund zu einem schiefen Grinsen. „Zugegeben, ich halte es für völlig überzogen, wenn ein Trupp

Seelsorger zu einer Schule geschickt wird, nur weil jemand aus Versehen einen Feueralarm ausgelöst hat. Wenn so was in der Art in meiner Schulzeit passierte, dann war ich höchstens froh, dass die Störung mitten in einer schweren Geschichtsprüfung stattfand."

Ilse winkte ab. „Fangen Sie mir gar nicht erst damit an. Jemand, der damit zu tun hat, hat mir mal erzählt, dass das angeblich nur eine Vorsichtsmaßnahme ist, um den Schülern und Eltern den Wind aus den Segeln zu nehmen, die bessere Noten auf dem Abschlusszeugnis sehen wollen. Offenbar haben die ein paar Mal zu häufig geklagt und recht bekommen, dass ihre Kinder angeblich immer noch traumatisiert sind, weil sie in der fünften Klasse einen Fehlalarm miterleben mussten, bei dem es anschließend keine psychologische Betreuung gab."

Jenny musste lachen. „Das kann ich mir gut vorstellen."

„Aber ich glaube, was unsere Camper angeht", sagte Ilse, „da könnten Sie recht haben. Ich werde das gleich noch veranlassen, dass morgen früh einer von den Leuten seinen Dienst hier antritt." Sie zog ihr Handy aus der Jackentasche. „Mit etwas Glück werden ja dann, wenn sie erst mal anfangen zu reden, irgendwelche Erinnerungen geweckt und wir bekommen doch noch einen brauchbaren Hinweis auf Meneer Hansens Mörder."

Am Samstagabend saßen Jenny und Rainer bei einem Bier und einem Gläschen Genever auf der kleinen Terrasse vor Jennys Wohnung im Erdgeschoss der Pension. Es war gegen acht Uhr, und im Speisesaal und auf der großen Terrasse herrschte Hochbetrieb. Vor einer

Weile hatte Jenny auf der Suche nach einer guten Geschäftsidee den dritten Samstag im Monat zum Poffertjes-Samstag erklärt. Angeboten wurden die Miniatur-Pfannkuchen in über dreißig verschiedenen Variationen von klassisch mit Puderzucker und Butter über flambiert bis hin zu einer pikanten Version, die mit vier Sorten Käse überbacken wurde. Der Erfolg gab ihr recht, und er spornte Tom vom Pfannkuchen- und Poffertjeslokal am Markt zu immer neuen Kreationen an. Da sich die Geschäftsleute in Zuiderdijk untereinander gut verstanden und sich vor allem die Restaurants nicht als gegenseitige Konkurrenten sahen, sondern sich ergänzten, um den Touristen eine große Bandbreite bieten zu können, hatte Jenny mit Tom darüber geredet, bevor sie ihre Idee verwirklicht hatte. Schließlich sollte er nicht das Gefühl bekommen, dass sie ihm einfach seine Kunden abspenstig machen wollte. Tom hatte nichts dagegen, solange Jenny damit einverstanden war, dass er an diesem Abend alle Gerichte mit einem Nachlass von zehn Prozent anbot. Erstaunlicherweise hatte Tom seit dem Start ihrer monatlichen Aktion so gut wie gar keine Umsatzeinbußen verzeichnen müssen, was Jenny umso mehr freute.

„Du hast also alle Unterlagen gesichtet, die ihr aus Knuts Wohnwagen geholt habt?", fragte sie, nachdem sie einen Schluck Bier getrunken hatte.

„Ach, so wild war das gar nicht", antwortete er gelassen. „Meneer Hansen war ein sehr ordnungsliebender Mensch, der all seine Unterlagen wirklich mustergültig sortiert hatte. In jedem Ordner findet sich genau das, was auf dem Rücken akribisch genau aufgelistet ist. Mit einer Ausnahme, aber zu der komme ich gleich.

Und selbst die zwölf oder dreizehn Stapel, die überall in seinem Arbeitszimmer verteilt lagen, waren in sich weitestgehend sortiert. Sie hätten nur noch in den passenden Ordnern abgelegt werden müssen. Lediglich ein großer Stapel hat mich etwas Zeit gekostet, weil da einfach alles durcheinander war. Allerdings war es von unten nach oben chronologisch geordnet. Der Stapel lag dort auf dem Tisch, wo auch der Stuhl stand. Ich möchte fast behaupten, dass Knut vorhatte, diese Belege auf die anderen Stapel zu verteilen, und dass ihn sein Mörder dabei gestört hatte.“

„Was für Unterlagen sind das?“, wollte sie wissen.

„Kontoauszüge, Rechnungen für Käufe aller Art, Handwerkerrechnungen, weil am Wohnwagen etwas gemacht werden musste, Schreiben von seiner Rentenkasse, von Versicherungen, Angebote für Hörgeräte, für Brillen, Lieferdienste fürs Essen, für Medikamente, für was immer du dir vorstellen kannst“, sagte er. „Das war die Eingangspost der letzten fünf oder sechs Monate, die er aber schon gesichtet und zum Teil mit Notizen versehen hatte.“

„Und nichts davon hat irgendeinen Hinweis geliefert, dass irgendwo da draußen jemand rumläuft, der einen Grund hatte, Knut umzubringen?“, fragte Jenny, obwohl sie nach seinen Schilderungen längst wusste, wie die Antwort ausfallen würde.

„Kein Schriftverkehr mit einem Anwalt, und auch nichts anderes, aus dem man einen Grund für einen Mord ableiten könnte“, sagte Rainer. „Knut hatte auch keinen Computer, also gibt es keine E-Mails, in denen noch etwas zu finden sein könnte. Natürlich hat er auch nirgendwo im Internet Kritiken oder Kommentare oder Bewertungen von Geschäften oder Lokalen hinterlassen können, über die sich jemand über alle Maßen hätte ärgern können."

Jenny nickte nachdenklich. „Und was ist das für eine Ausnahme, von der du eben gesprochen hast?", wollte sie schließlich wissen.

Er griff nach einem zweimal gefalteten Blatt und gab es ihr. „Das da ist nur eine Kopie, die ich am Drucker gemacht habe. Ich will nicht mit einem Original durch die Gegend laufen, das ich unter Umständen irgendwo verliere. Ich habe das auch schon eingescannt und die Datei an deine Mail-Adresse geschickt, weil ich davon ausgehe, dass du es unserer lieben Commissaris Ruijters zeigen willst."

„Lass mal sehen", sagte sie und faltete das Blatt auseinander. Jemand hatte ein etwas schludriges Quadrat aufgezeichnet, das in vier kleine Quadrate unterteilt war. In jedes Quadrat hatte jemand Zahlen geschrieben, die noch schludriger als das große Quadrat und schwer zu entziffern waren. „Vier Komma fünf ... eins ... Nein, das könnte auch eine Neun sein ... Neun Komma fünf ... vierzehn ... Hm, könnte auch elf heißen ... oder vierundvierzig ... Und das da? Vierundfünfzig ... Sechsundfünfzig?"

„Ja, so habe ich auch gerätselt", konnte Rainer nur erwidern. „Falls es viereinhalb und neuneinhalb ist, würde das vierzehn ergeben, und sechsundfünfzig ist das Vierfache davon, was den vier Kästchen entsprechen würde. Aber das ist nur eine wilde Vermutung. Bis auf diese vermutliche Sechsundfünfzig ist alles im ersten Kästchen notiert. Warum die im vierten Kästchen steht, weiß ich nicht, aber es könnte sein, dass die mit den anderen Zahlen gar nichts zu tun hat."

„Und was hat es mit diesem Zettel auf sich? Was ist daran so besonders?", hakte Jenny nach.

„Er ist mir aufgefallen, weil er komplett aus der Reihe tanzt", erklärte Rainer. „Wie du siehst, ist er nicht gelocht, und er steckte zwischen zwei Schreiben von der Rentenkasse. Das heißt, er war zwischen die Schreiben gelegt worden, dann war der Feststeller runtergedrückt und der Ordner zurück ins Regal gestellt worden. In all den anderen Ordnern gibt es nicht einen einzigen Vorgang, der so abgelegt wurde. Knut hat bei jedem Vorgang das Blatt gelocht, eingelegt, und dann den Ordner geschlossen."

„Vielleicht war ihm ja nur etwas eingefallen, als er gerade keine Zeit hatte, erst noch den Ordner zu öffnen", gab sie zu bedenken.

Rainer schüttelte den Kopf. „Das halte ich für sehr unwahrscheinlich. In zwei Ordnern hat er Vorgänge, die wohl noch nicht abschließend erledigt waren, schräg eingelegt, also nur das oberste Loch benutzt, womit das Blatt dann oben und an der Seite ein Stück herausragt, damit es sofort auffällt." Er zeigte auf das Blatt, das Jenny vor sich auf den Tisch gelegt hatte. „Das ist aber noch nicht alles. Auch wenn die Zahlen nicht so leicht zu entziffern sind, bin ich mir absolut sicher, dass sie nichts mit den beiden Schreiben zu tun haben, zwischen denen das Blatt klemmte. Und ich bin auch davon überzeugt, dass das nicht mal Knuts Handschrift ist. Er hat auf vielen Schreiben Notizen gemacht und mit Datum versehen, und auf den Kontoauszügen hat

er immer wieder mal Beträge handschriftlich aufge-
schlüsselt, weil zum Beispiel noch eine Nachzahlung in
der Summe steckte. Diese Zahlen hat er ganz anders geschrieben als das, was auf dem Zettel steht. Selbst wenn
er diese Zahlen in aller Eile hingeschmiert hätte, würde
sie meiner Ansicht nach immer noch ordentlicher aussehen als das da."

„Hmm", seufzte Jenny und fuhr sich durchs Haar.
„Wir hatten ja alle auf irgendeine Art von Notiz gehofft,
dass Meneer X ihn letzte Woche beim Spazierengehen
am Strand bedroht hat und ihm bis zum Campingplatz
gefolgt ist. Also etwas, das Ilse genügt, um nach Utrecht
zu fahren und Jaap Kleinsma zu verhaften oder wie
auch immer derjenige heißen mag, der Knut auf dem
Gewissen hat. Stattdessen lieferst du uns irgendeinen
Code, den wahrscheinlich nur ein Spezialist knacken
kann."

„Na ja, ganz so leicht wollte ich euch die Arbeit nun
auch wieder nicht machen", scherzte er, wurde aber
gleich wieder ernst. „Das Problem ist, dass diese Zahlen
gar nichts bedeuten müssen. Es kann gut sein, dass
Knut mitten in der Nacht aufgewacht ist und im Halb-
schlaf das da hingeschrieben und das Blatt in den Ordner gesteckt hat, ohne sich am nächsten Morgen daran
erinnern zu können. Und es kann auch sein, dass er genauso ratlos vor dem Blatt gesessen hätte, von dem er
nicht mal hätte sagen können, ob das seine Schrift oder
die eines anderen ist." Er zuckte hilflos mit den Schultern. „Wir können nur hoffen, dass Ilse irgendetwas damit anfangen kann."

„Mal sehen, wie schnell wir das herausfinden", sagte
Jenny, nahm ihr Smartphone, rief ihre E-Mails auf und

leitete Rainers Scan mit einem kurzen Begleittext an
Ilse weiter. Dann legte sie das Telefon zurück auf den
Tisch und zählte von zwanzig langsam runter.

Bei „drei" klingelte es, auf dem Display blinkte Ilses
Name auf.

Jenny stellte auf Lautsprecher und nahm den Anruf
an. „Was soll das darstellen?", fragte Commissaris Ruijters ohne Vorrede und ohne Begrüßung.

Als sie die Ratlosigkeit aus der Stimme der Polizistin
heraushörte, verzog Jenny missmutig den Mund und
schnaubte leise.

Am darauffolgenden Montagabend kurz vor Mit-
ternacht, wieder irgendwo in Breda

Alles war nach Plan verlaufen. Er lächelte zufrieden,
während er die Scheine aus dem Geldautomaten zog
und auf die beiden vorbereiteten Briefumschläge ver-
teilte. Die schwarzen Tulpen hatten die Polizei so irritiert, dass in der Meldung über den Tod des alten Mannes mit keinem Wort die über zehn Tage verteilt gelie-
ferten Blumensträuße erwähnt wurden. Man vermu-
tete zweifellos, es mit der ersten Tat eines Serienmör-
ders zu tun zu haben, also verschwieg man die markan-
ten schwarzen Tulpen, um keine Nachahmer auf den
Plan zu rufen, die dann irgendwo anders im Land das
Gleiche oder etwas Ähnliches machen würden.

Dass man nicht darüber berichtete, war zugleich aber
auch ein wenig bedauerlich, weil es die Verwirrung nur
noch größer gemacht hätte, wenn in drei verschiedenen Ecken des Landes gleichzeitig Blumen verteilt worden wären und die Empfänger sich am Tag nach der

letzten Lieferung aus Angst, ermordet zu werden, irgendwo verkrochen hätten. Es wäre sicher interessant gewesen, die verschiedenen Reaktionen zu beobachten, doch das war natürlich unmöglich. Schließlich würde es niemand an die große Glocke hängen, dass er auf einmal Tag für Tag immer kleiner werdende Blumensträuße geliefert bekam. Stattdessen würde man sich an die Polizei wenden, die sich in Schweigen hüllen und das mutmaßliche nächste Opfer bewachen würde, um dann in Erscheinung zu treten, wenn der angehende Mörder sich zu erkennen gab.

Nein, es war besser, wenn diese Aktionen auf Zuiderdijk beschränkt blieben. Dort hatte er über alles einen Überblick, und er würde miterleben können, wie sein nächster Schlag die Polizei völlig aus dem Konzept bringen würde. Einer der beiden Umschläge war für diesen nächsten Anlauf gedacht, der andere für einen dritten und letzten, der wiederum ein anderes als das erwartete Ende nehmen würde. Die Polizei würde sich den Kopf zerbrechen und nach einer Verbindung zwischen den Opfern suchen, nach einer Gemeinsamkeit, die sie alle zur Zielscheibe des unbekannten Täters hatte werden lassen.

Wieder ging er los, blieb hin und wieder stehen, um scheinbar einen Blick auf sein Smartphone zu werfen. Tatsächlich jedoch sah er sich dabei heimlich um, ob ihn womöglich jemand verfolgte.

Aber auch jetzt waren die Straßen so gut wie verwaist. Lediglich an der Bushaltestelle auf der gegenüberliegenden Straßenseite wartete eine Frau, die aber so auf ihr Smartphone konzentriert war, dass sie nichts um sich herum mitbekam.

An der nächsten Ecke bog er ab, ging bis zum Blumenladen und gab erneut vor, den vermeintlich zu lockeren Schnürsenkel neu zu binden. In Wahrheit schob er diesmal zwei Umschläge unter der Tür durch. Hätte er gewusst, dass tatsächlich alles so verlaufen würde, wie er es sich vorgestellt hatte, dann hätte er gleich am ersten Abend alle drei Umschläge hinterlassen. Jetzt war er zum zweiten Mal dem Risiko ausgesetzt, von irgendwem beobachtet zu werden, der sein Verhalten eigenartig fand und ihm folgte. Aber wenigstens musste er nicht noch einmal herkommen, jedenfalls nicht, wenn alles weiter so gut lief. Sollte es Probleme geben und er müsste zu einem Ablenkungsmanöver der ganz anderen Art greifen, konnte er sich immer noch ein weiteres Mal auf den Weg nach Breda machen.

Doch das stand derzeit nicht zur Diskussion, weshalb es auch keinen Grund dafür gab, sich den Kopf zu zerbrechen. Zufrieden kehrte er zu seinem Wagen zurück, den er in dieser Nacht an einer anderen stark befahrenen Straße abgestellt hatte, um nicht einem übermäßig wachsamen Nachbarn aufzufallen.

5. Kapitel

Bei den ersten zwei Mordfällen, bei denen Jenny auf die Mordopfer aufmerksam geworden war, hatte es bis zur Klärung des Falls nicht lange gedauert. Da war ihr schon bewusst gewesen, dass es sich um Ausnahmen von der Regel handelte, denn normalerweise brauchte die Polizei viel länger, um allen Spuren nachzugehen und denjenigen zu überführen, der ein Menschenleben ausgelöscht hatte.

Aber auch wenn sie von Anfang an gewusst hatte, dass es üblicherweise nicht möglich war, einen Mörder in dem Tempo ausfindig zu machen, das in Krimiserien oder in Spielfilmen an den Tag gelegt wurde, war sie nicht darauf gefasst gewesen, dass die Ermittlungen im Fall Knut Hansen so langsam vorangehen und praktisch gar keine Fortschritte machen würden.

Jenny empfand es als zermürbend, dass nichts geschah, und mehr als einmal bewunderte sie Ilse dafür, dass sie tagein, tagaus mit Verbrechen zu tun hatte, bis zu deren Klärung Wochen oder Monate vergingen. Sie konnte sich nicht vorstellen, zu einer solchen Geduld fähig zu sein, und das erst recht nicht, wenn man an mehreren Fällen gleichzeitig arbeiten musste und dann nirgendwo ein Vorankommen sehen konnte.

Es waren inzwischen neun Tage vergangen, seit Rainer auf den mysteriösen Zettel in Knuts Unterlagen aufmerksam geworden war, und noch immer hatte niemand den Hauch einer Ahnung, wer den Mord begangen hatte. Es gab nicht mal einen winzigen Hinweis auf einen Streit oder auch nur auf eine kleine Meinungsverschiedenheit, in die sich die Gegenseite nach und nach hätte hineinsteigern können, bis das Ganze in einem Mord endete.

Der Zettel mit den Quadraten und Zahlen war auf der Wache durch alle Abteilungen gewandert, aber niemand hatte bislang die exakten Zahlen bestimmen können, weil sie einfach zu nachlässig hingeschrieben worden waren. Solange sich daran nichts änderte, blieb jedes Spekulieren über den Sinn dieses Blatts genau das: pure Spekulation ohne Hand und Fuß.

Jenny hatte auch überlegt, ob das Blatt ein reines Schmierpapier war und die Zahlen nur als Gedächtnisstütze gedacht waren, ohne dass es zwischen ihnen einen Zusammenhang gab. Die ersten beiden Zahlen mit dem Komma konnten zwischendurch notierte Prozentzahlen oder Temperaturen sein, die anderen tauchten womöglich in einem Text auf, und der Urheber hatte sie nur hastig hingeschrieben, um sie später in einen anderen Text oder in eine Tabelle zu übertragen. Letztlich war das Blatt so nutzlos wie eine Schatzkarte, die keinen Hinweis darauf lieferte, von welchem Punkt auf der Erde man überhaupt starten musste, um den Schatz zu finden.

Eine Möglichkeit, die Jenny in den letzten Tagen wiederholt durch den Kopf gegangen war, befasste sich mit der Frage, ob es sich tatsächlich um einen Einzeltäter handelte, der als Einziger einen Beweggrund hatte, diesen Mord zu begehen. Sie hatte Ilse gar nicht erst darauf angesprochen, weil die mit Sicherheit längst das Gleiche in Erwägung gezogen, aber Jenny gegenüber bislang nicht erwähnt hatte, um sie nicht noch mehr zu frustrieren. Was, wenn sich eine Gruppe Camper zu einer gemeinschaftlichen Aktion entschlossen und einer von ihnen den Mord begangen hatte, dem die anderen ein wasserdichtes Alibi gaben, weil sie alle das gleiche Ziel verfolgt hatten? Wenn fünf oder sechs Camper sich zusammengetan hatten, weil Knut ihnen im Weg war, würde es zweifellos sehr schwierig werden, ihnen das nachzuweisen. Wenn es zwischen der Gruppe und Knut irgendeine gravierende Meinungsverschiedenheit gegeben hatte, von der nichts nach außen gedrungen war, würde Ilse große Schwierigkeiten haben, ihnen diesen Anlass für den Mord an Knut nachzuweisen.

Möglicherweise hatte diese Gruppe geplant, gemeinsam einen monströsen Grill anzuschaffen und auf dem Campingplatz aufzustellen – unter Umständen auf der freien Fläche direkt gegenüber von seinem Stellplatz, sodass der Wind sämtliche Gerüche automatisch in seinen Wohnwagen getrieben hätte. Bevor er sich bei Vissers über dieses Vorhaben beschweren und es damit zu Fall bringen konnte, hatte die Truppe entschieden, ihn aus dem Weg zu räumen.

Zumindest aus ihrer Sicht musste es unmöglich sein, einen solchen Vorgang aufzudecken und zu beweisen, ganz zu schweigen davon, wie man bei einer derartigen Gruppe einem Einzelnen die Tat nachweisen sollte, wenn sich jeder von ihnen schützend vor die anderen stellte. Obwohl ... ganz so unmöglich war es vielleicht doch nicht. Wenn es ein Vorhaben gab, gegen das sich Knut hatte wehren wollen, warum sollte das dann nicht in die Tat umgesetzt werden, nachdem man den einzigen Störenfried beseitigt hatte? Sie musste nur alle paar Wochen dem Campingplatz einen Besuch abstatten und sich umsehen, ob sich rund um Knuts bisherigen Stellplatz etwas Gravierendes verändert hatte. Wenn das der Fall sein sollte und es stand auf einmal tatsächlich ein monströser Grill dort, würde es für die Polizei endlich einen Ansatzpunkt geben, diejenigen eingehender zu befragen, die für diese plötzliche Neuerung verantwortlich waren.

Zweifellos wartete Ilse schon sehnlichst auf eine solche Wende bei den Ermittlungen, denn Verhöre waren ihre besondere Stärke, da sie ihre ganze eigene Methode hatte, wie Jenny inzwischen wusste. Zwar war die bei den bisherigen Fällen in Zuiderdijk nicht zum Einsatz gekommen, aber Anfang des Jahres hatte Ilse sie eingeladen, auf der Wache bei einigen Verhören vom Nebenzimmer aus zuzusehen. Dabei hatte sie erlebt, dass Ilse ihre Fragen am liebsten mit der Geschwindigkeit einer Maschinenpistole auf ihre Verdächtigen abfeuerte, damit die erst gar keine Gelegenheit bekamen, bei den Antworten ihre eigene Taktik anzuwenden. Als würde das nicht genügen, machte sie bei den Verhören immer wieder kurze Sprünge zurück zu Fragen, die sie bereits gestellt hatte, und wiederholte sie, nur um zu sehen, ob ihr Gegenüber sie aus dem ursprünglichen Zusammenhang gerissen immer noch genauso beantwortete. Bei zwei der drei Verhöre, die Jenny hatte mitverfolgen können, war es Ilse durch diese Methode gelungen, den Verdächtigen in Widersprüche zu verwickeln, da er auf einmal etwas verneinte, was er fünf Minuten zuvor noch bejaht hatte. Erst als dieser Punkt erreicht war, hatte Ilse das Tempo aus der Befragung genommen und sich ganz auf den aufgedeckten Widerspruch konzentriert, was dem Verdächtigen natürlich gar nicht recht gewesen war.

Sollten tatsächlich ein paar Camper den Mord gemeinschaftlich geplant haben, dann würden sie bei Ilse schlechte Karten haben. Aber wie bei allen Überlegungen, die sie bislang angestellt hatten, schwebte auch über dieser Möglichkeit ein großes Fragezeichen.

Gegen elf Uhr an diesem Montagmorgen betrat Jenny Margaretes Buchhandlung am Marktplatz gegenüber der ehemaligen Kirche, die vor Jahren in eine Markthalle umgewandelt worden war. Zielstrebig begab sie sich in den letzten Gang, wo die Kochbücher standen. Da in ihrer Pension in der letzten Zeit Gäste immer häufiger nach asiatischen Gerichten gefragt hatten und sie nicht jeden von ihnen an die entsprechenden Lokale im Dorf verweisen wollte, war es an der Zeit, mehr als nur gebratenen Reis mit Shrimps oder gebratene Nudeln mit Ente auf der Speisekarte stehen zu haben.

Da die Kochbücher alphabetisch sortiert waren, befand sich das Gesuchte in der obersten Regalreihe, was für Jenny bedeutete, erst einmal die kleine Trittleiter zu holen, damit sie eine Chance hatte, einen Blick in das eine oder andere Buch werfen zu können. Sie hielt bereits drei Bücher im Arm, mit denen sie sich in die Leseecke am anderen Ende des Ladenlokals zurückziehen wollte, da hörte sie auf einmal eine Frau sagen: „... und heute Morgen lagen fünf schwarze Tulpen vor meiner

Haustür. Ich möchte zu gern wissen, wie lange das noch so gehen soll, ehe ich erfahre, was das soll.“

„Theoretisch sollte das wohl in vier Tagen der Fall sein“, erwiderte Margarete, deren Stimme Jenny gut kannte. Die andere dagegen ... Am liebsten hätte sie die Bücher einfach zur Seite geworfen, um die drei Stufen runterzuklettern und nach vorn zu stürmen, wo die Frau sich gerade eben verabschiedete und den Buchladen verließ.

„Verdammt“, murmelte Jenny ungehalten, während sie langsam mit den Büchern im Arm die Stufen hinunterbalancierte. Sie stellte die Bücher einfach für den Augenblick in ein halbwegs leeres Fach, dann eilte sie um die lange Regelwand herum und lief zur Kasse. Die Frau, mit der Margarete gesprochen hatte, war längst nicht mehr da, und auch als Jenny zur Tür ging und den Marktplatz absuchte, war nirgends jemand zu entdecken, der gerade eben erst die Buchhandlung verlassen hatte. Sie machte kehrt und ging zur Kasse, aber Margarete war so wie vor wenigen Augenblicken immer noch spurlos verschwunden. Gerade wollte sie nach ihr rufen, da hörte sie Margarete leise reden. Ihre Stimme drang aus dem kleinen Büro zu ihr, das durch eine Schiebetür vom Geschäft abgeteilt wurde. Die Tür stand nur einen Spaltbreit offen, sodass Jenny nicht mal durch Handzeichen auf sich aufmerksam machen konnte. Es blieb ihr nichts anderes übrig, sie würde warten müssen, bis die Chefin das Telefonat erledigt hatte.

„Nichts gefunden?“, hörte Jenny auf einmal eine jüngere Stimme neben sich. Sie drehte sich um und entdeckte Margaretes Tochter Kees, die soeben mit einem

Karton voll mit Büchern aus dem Lager im Keller gekommen war.

„Doch, doch, gefunden schon, aber ich muss mir die Kochbücher erst noch ansehen, ob das drin ist, was mir vorschwebt", antwortete Jenny. „Aber erst mal muss ich deine Mutter etwas fragen."

„Du kannst auch gern mich fragen", sagte Kees augenzwinkernd. „Ich kenne mich hier auch ein bisschen aus."

Jenny lächelte sie an. „Darum kam mir dein Gesicht gerade eben so bekannt vor. Nein, ernsthaft. Ich habe vorhin eine Unterhaltung mit einer Kundin mitbekommen, als ich auf der Leiter stand, und jetzt muss ich unbedingt wissen, wer das war."

Kees zog verdutzt die Augenbrauen hoch. „Hm, so wie du das sagst, klingt das fast so, als ginge es um Leben und Tod."

„Möglicherweise tut es das auch", sagte Jenny nachdenklich.

„Ah, verstehe, unsere höchstpersönliche Miss Marple ist wieder in Aktion, richtig?", fragte Kees und sah sie forschend an.

„Zum gegenwärtigen Zeitpunkt kann ich weder etwas bestätigen noch dementieren", erwiderte sie mit überzogen ernster Miene, mit der sie die junge Frau hoffentlich auf andere Gedanken brachte. Sie bereute jetzt schon, auf die „Leben und Tod"-Bemerkung nicht mit einem Lacher reagiert zu haben. Solange sie nicht mehr über die schwarzen Tulpen herausgefunden hatte, von denen die unbekannte Kundin gesprochen hatte, durfte sie über dieses Detail öffentlich kein Wort verlieren.

„Uuh", machte Kees amüsiert. „Das klingt ja richtig geheimnisvoll. Meine Mutter ist bestimmt gleich für dich da, sie muss nur wegen eines Buchs nachfragen, dass der Großhändler vergessen hat einzupacken."

„Okay, danke", sagte Jenny und übte sich in Geduld. Nach einer gefühlten Ewigkeit kam Margarete aus dem Büro nach vorn.

„Jenny, hast du nichts gefunden?", fragte sie, als ihr auffiel, dass auf der Theke kein Buch lag.

„Doch, aber dafür muss ich noch mal herkommen ..."

„Wenn du kein Geld dabeihast, dann kannst du die Bücher jetzt mitnehmen und von mir aus auch morgen noch bezahlen", bot die grauhaarige Frau ihr an und fügte mit einem Augenzwinkern hinzu: „Ich weiß ja schließlich, wo du wohnst."

„Nein, nein, damit hat das nichts zu tun", sagte Jenny und sah sich kurz um, weil sie nicht wollte, dass andere ihre Unterhaltung mitbekamen. „Das muss vorläufig unter uns bleiben. Ich habe mitbekommen, wie deine letzte Kundin davon sprach, dass sie heute Morgen fünf schwarze Tulpen vor ihrer Haustür vorgefunden hat und ..."

„Ah, das war Daphne Bevers", unterbrach Margarete sie. „Das ist ganz eigenartig. Seit Tagen legt ihr jemand nachts einen Strauß schwarzer Tulpen vor die Tür, und jeden Tag ist es eine weniger. Sie hat keine Ahnung, von wem die kommen."

„Genau darum geht es", erwiderte Jenny. „Behalte das mit den Tulpen unbedingt für dich. Ich kann dir im Moment nicht verraten, um was es geht, aber es ist wichtig, dass so wenige Leute wie möglich von der Sache mit den Tulpen wissen."

Margarete stutzte. „Das klingt nach was Ernstem, würde ich sagen. Vielleicht solltest du auch mit Daphne reden, immerhin bekommt sie ja die Tulpen.“

„Das werde ich auch sofort machen“, versicherte Jenny ihr. „Deswegen musste ich ja wissen, mit wem du geredet hast. Ich komme später noch mal für die Bücher rein. Ich habe sie für den Augenblick in die erstbeste Lücke im letzten Regal gestellt, weil ich sie nicht mit nach vorn bringen wollte.“ Sie wandte sich zum Gehen.

„Kein Problem“, sagte Margarete. „Ich lege die zur Seite, dann kannst du sie mitnehmen, wenn du das nächste Mal herkommst.“

Jenny bedankte und verabschiedete sich.

Von der Buchhandlung aus ging sie zielstrebig zu Daphne Bevers’ Haus, das sich von ihrer Pension gleich rechts um die Ecke befand. Sie kannte Daphne nur flüchtig, weil die Frau, die etwa Mitte zwanzig sein musste, recht zurückgezogen lebte und auch wenig Kontakt zu den unmittelbaren Nachbarn hatte. Jenny wusste das so genau, weil sie von anderen aus dem Dorf gehört hatte, dass Daphne das völlige Gegenteil ihrer Eltern war, die vor ein paar Jahren aus Zuiderdijk weggezogen waren und ihrer Tochter das Haus überlassen hatten. Während es damals einmal im Monat eine Grillparty gegeben und Vater Bevers bei Spielen der Elftal das ganze Haus und einen Teil der Straße mit Oranje-Flaggen, Oranje-Wimpeln und allem anderen dekoriert hatte, das farblich zur Fußballnationalmannschaft passte, hatte Daphne diese von vielen lieb gewonnenen Traditionen sofort beendet. Der Grund dafür war allen ein Rätsel, zumal sich Daphne offenbar auch bei direkten Fragen zu diesem Thema gar nicht oder nur ausweichend äußerte.

Dass der Grund allen ein Rätsel war, stimmte so nicht, denn zumindest Jenny hegte einen Verdacht, da sie etwas Ähnliches aus ihrer Kindheit kannte. Der damalige Nachbar in Westkapelle war so wie Vater Bevers ein Partymensch gewesen, der jedes Fest groß feierte und dazu die halbe Nachbarschaft einlud. Von Patrick, dem Sohn der Familie, mit dem sie in dieselbe Klasse gegangen war, hatte sie erfahren, dass der Vater privat ganz anders war. Mürrisch, geizig, rechthaberisch waren nur einige der Attribute, die in vielen Gesprächen zur Sprache kamen. Patrick hatte es gehasst, dass sein Vater Fremden gegenüber so spendabel war, dass sein Konto manchmal sogar ins Minus abrutschte, von der eigenen Familie aber verlangte, an allen Ecken und Enden zu sparen, weil sonst das Geld nicht reichte. Wenn Daphnes Vater vom gleichen Schlag war, dann war es nur allzu verständlich, dass sie seine kostspieligen Traditionen nicht fortführte.

Am Haus von Daphne Bevers angekommen musste sie feststellen, dass die noch gar nicht daheim war. Offenbar hatte sie noch andere Besorgungen zu machen. Jenny nutzte die Zeit, um sich das Haus und die Umgebung anzusehen. Bis zur Eingangstür waren es gut drei Meter vom vorderen Rand des gepflasterten Wegs, der sich durch die gepflegte, aber blumenlose Rasenfläche zog, bis zur Haustür. Also konnte der unbekannte Blumenlieferant seine Sträuße nicht im Vorbeigehen ablegen. Er musste das Grundstück betreten und von der

Tür zurückgehen, um dann dorthin zurückkehren zu können, wo immer er hergekommen sein mochte.

Bis zur Grote Straat, die sich durch Zuiderdijk zog, waren es nur wenige Schritte. Da er mit Sicherheit unerkannt bleiben wollte, würde er den Wagen ein Stück weiter weg parken, damit möglichst niemand einen Zusammenhang zwischen einem unbekannten Fahrzeug und den Tulpen herstellte. Zugegeben, das mit dem Wagen war pure Spekulation, denn der Unbekannte konnte vom nächsten Dorf sogar mit dem Rad herkommen. Und genau genommen ließ sich bislang nicht mal sagen, ob er in Zuiderdijk lebte und das Ablegen der Sträuße auf dem Campingplatz mit einem Morgenlauf verbunden hatte. Aber für den Fall, dass er mit dem Auto herkam, würde er ganz sicher nicht direkt vor dem Haus anhalten oder irgendwo rund um die Kirche parken.

Jenny setzte sich auf die Stufe vor der Haustür und schickte Ilse eine SMS, damit die Polizistin auf dem Laufenden war. Ganz gleich, was Daphne Bevers zu dem Ganzen zu sagen haben würde, die Polizei würde die Tulpen ganz sicher zum Anlass nehmen, sich den Fundort genauer anzusehen. Sie schloss die Nachricht mit dem Vermerk *Näheres später* und keine halbe Minute später kam ein *Danke* mit einem Smiley und einem nach oben gestreckten Daumen zurück.

„Mevrouw van Oosterburg?", fragte Daphne Bevers verwundert, die in dem Moment um die Ecke kam und auf ihr Grundstück einbog, als Jenny mit einem zufriedenen Lächeln auf die erhaltene SMS reagierte. „Ist Ihnen nicht gut?"

„Oh, keine Sorge", sagte Jenny und stand auf, um der Frau einen Schritt entgegenzugehen, die auf halber Strecke zur Tür stehen geblieben war. „Mir geht es gut. Ich habe nur in der Buchhandlung zufällig Ihre Unterhaltung mit Margarete mitbekommen."

„Meine Unterhaltung?", fragte sie ein wenig argwöhnisch.

„Sie sprachen davon, dass heute Morgen ein Strauß mit fünf schwarzen Tulpen hier vor Ihrer Haustür gelegen hat."

„Und?"

„Und ich wollte Sie fragen, ob Sie zufällig Knut Hansen gekannt haben", fuhr Jenny fort.

„Knut Hansen? Klingt irgendwie ... deutsch." Daphne zog die Mundwinkel nach unten, als hätte sie etwas Verdorbenes gegessen.

„Ist es auch. Knut Hansen war Dauercamper auf Vissers' Campingplatz", erklärte sie.

„Ah, einer von denen", kam die abfällige Reaktion.

„Von denen?", wiederholte Jenny verwundert.

„Einer von den Deutschen", spuckte sie ihr fast entgegen. „Warum sollte ich mit einem von denen etwas zu tun haben? Meine Großeltern haben im Krieg genug unter den Deutschen gelitten. Sie haben so viel erdulden und erleiden müssen, dass die ... sagen wir ... *Abneigung* gegen Deutsche noch für die nächsten drei Generationen reicht."

„Trotzdem können Sie Meneer Jansen gekannt haben", beharrte Jenny. „Er lebte seit über zwanzig Jahren hier, und Sie werden ihm sicher mal beim Einkaufen begegnet sein."

„Falls ja, werde ich ganz sicher einen großen Bogen um ihn gemacht haben, sobald mir klar war, woher er kommt. Das mache ich bei all den anderen auch. Die sind auch der Grund, wieso ich bald von hier wegziehen werde", redete Daphne weiter. „Als meine Eltern hierhergezogen sind, da waren Touristen die absolute Ausnahme, aber inzwischen kann man zu Ostern, zu Weihnachten, im Herbst und den ganzen Sommer über nicht mehr über den Marktplatz gehen, ohne das Gefühl haben, dass die Deutschen unser Land ein zweites Mal besetzt haben." Sie zuckte mit den Schultern. „Sie können das natürlich nicht nachempfinden, Sie verdienen an den Leuten schließlich."

„Na ja", gab Jenny mit einem ironischen Unterton zurück, der aber gar nicht so gemeint war. „Wenn man es genau nimmt, können Sie genauso wenig nachempfinden, weil Sie zu jung sind, um die erste Besetzung miterlebt zu haben."

„Meine Großeltern haben mir …"

„Ich bezweifle nicht, dass Ihre Großeltern Ihnen viel über diese Zeit erzählt haben", fiel Jenny ihr ins Wort, um diese Diskussion nicht noch länger führen zu müssen, wenn sie doch aus einem ganz anderen Grund hergekommen war. „Ich bin auch nicht der Ansicht, dass man einem anderen alles vergeben und vergessen muss. Aber die Deutschen, die heute herkommen, haben nichts mit den damaligen Besetzern zu tun. Ich denke, wenn Sie diese Zeit am eigenen Leib erfahren hätten, würde Ihnen bewusst werden, wie sehr der Vergleich hinkt."

Daphne sah sie abwartend an, dann fragte sie: „Sind Sie jetzt fertig?"

Jenny lächelte sie an. „Nein, bin ich nicht. Ich bin nämlich nicht hergekommen, um mit Ihnen gegensätzliche politische Ansichten zu diskutieren. Ich bin hier, weil Sie womöglich in Lebensgefahr schweben.“

„Was?“, rief Daphne ungläubig. „Wie soll ich das verstehen?“

„Sie haben heute fünf schwarze Tulpen bekommen“, erwiderte Jenny, ohne auf die Frage der Frau einzugehen. „Aber gestern Morgen waren es noch sechs schwarze Tulpen, am Tag davor sieben. Am ersten Tag, an dem ein Strauß Tulpen vor Ihrer Haustür lag, waren es zehn. Richtig? Und Sie haben keine Ahnung, wer sie Ihnen schicken könnte, richtig? Und Sie können sich auch nicht erklären, warum jeden Tag eine Tulpe weniger geliefert wird, stimmt's?“

Daphnes Miene hatte sich deutlich verfinstert. „Woher wissen Sie das?“

„Weil es bei dem Deutschen, der Sie so gar nicht interessiert, ganz genauso gelaufen ist“, erklärte Jenny. „Am letzten Morgen lag eine einzelne schwarze Tulpe vor seiner Tür. Und am nächsten Morgen lag der Mann ermordet in seinem Wohnwagen.“

Mit einem Mal wurde Daphne bleich. „Augenblick mal, wollen Sie … Soll das heißen, dass ich noch vier Tage lang diese Tulpen geliefert bekomme und dann … und dann ermordet werde?“

„Das muss es nicht zwangsläufig heißen, aber es spricht einiges dafür“, fuhr Jenny fort. „Vielleicht wollen Sie ja jetzt doch etwas gründlicher überlegen, ob es irgendeine Verbindung zwischen Ihnen beiden geben könnte.“

„Puh“, machte Daphne und starrte mit leerem Blick vor sich hin, da ihr wohl beim besten Willen nichts einfallen wollte.

„Das muss nicht jetzt sofort sein, Mevrouw Bevers. Ich werde jetzt ohnehin erst einmal mit der zuständigen Polizistin reden und ihr berichten, was ich herausgefunden habe. Sehr wahrscheinlich wird sie sich sofort auf den Weg machen und mit Ihnen die weitere Vorgehensweise besprechen.“

„Die weitere Vorgehensweise?“, wiederholte Daphne irritiert. „Was meinen Sie damit?“

„Na, wir müssen doch dafür sorgen, dass niemand Gelegenheit bekommt, Ihnen nach der Lieferung der letzten Tulpe tatsächlich etwas anzutun“, erklärte Jenny und wählte Ilses Nummer.

6. Kapitel

„Ah, da kommen sie", sagte Jenny zu Daphne, die bereits eine halbe Stunde zu früh in der Pension erschienen war und seitdem eine Tasse Kaffee nach der anderen trank, so als könnte ein Maximum an Koffein dafür sorgen, dass sie ruhiger wurde. Sie sah auf ihre Armbanduhr. „Zwei Uhr. Auf die Minute genau."

„Hallo zusammen", grüßte Ilse die Runde bestehend aus Jenny, Rainer und Daphne, die an einem etwas abseits stehenden Tisch auf der Terrasse saßen. Keiner der Gäste konnte sie dort belauschen, was für die bevorstehende Unterhaltung auch eine zwingende Voraussetzung war.

„Das ist Daphne Bevers", stellte Jenny sie einander vor. „Und das sind Commissaris Ilse Ruijters und Agent Wim Houtmans."

Nach der Begrüßung nahmen die beiden am Tisch Platz, eine Bedienung kam von einem der anderen Tische herüber, an dem sie eben Getränke serviert hatte. Die beiden Polizisten begnügten sich jeder mit einem Glas Wasser.

„Sie erhalten also seit ein paar Tagen diese Tulpensträuße", sagte Ilse, nachdem die Bedienung gegangen war. „Haben Sie irgendetwas davon mitbekommen, wann und von wem sie vor Ihrer Haustür abgelegt wurden?"

„Nein“, antwortete Daphne. „Ich gehe normalerweise gegen ein Uhr schlafen und stehe um sieben Uhr auf. Nach dem zweiten Strauß habe ich noch um kurz vor eins nachgesehen, aber da lag nichts vor der Tür. Morgens um sieben Uhr war dann der Strauß da.“

„In der Zeit zwischen ein Uhr und sieben Uhr hatten Sie keine Gelegenheit nachzusehen?“, hakte Ilse nach.

Die junge Frau schüttelte den Kopf. „Ich habe mich selbst so auf diesen Schlafrhythmus gedrillt, dass ich durchschlafe und wirklich erst nach sechs Stunden aufwache, ganz ohne Wecker.“

„Oh“, machte Ilse. „Um die Sache mit dem Wecker beneide ich Sie, das können Sie mir glauben.“

„Das tun viele“, sagte Daphne und musste lächeln. „Aber das heißt auch, dass ich prinzipiell durchschlafe und höchstens aufwache, wenn es ein Gewitter oder andere Geräusche gibt, die laut genug sind, um mich aus dem Schlaf zu holen. Paketboten, die um halb sieben am liebsten die Tür eintreten wollen, das Bellen der beiden Hunde auf dem Nachbargrundstück. Wenn da jemand in der Zeit vorbeikommt und einen Blumenstrauß ablegt, dann ist das nichts, was mich aufwecken kann.“ Sie zuckte flüchtig mit den Schultern. „Ich wünschte, ich würde davon wach, weil ich dann vielleicht herausfinden würde, von wem die Blumen kommen. Aber vermutlich wäre der Bote längst wieder weg, wenn ich es bis zur Tür geschafft habe und durch den Spion nach draußen sehe.“

„Den Lieferanten wird man nur erwischen können, wenn man die ganze Nacht Ihr Haus beobachtet“, merkte Jenny an.

Daphne atmete seufzend aus. „Ich kann das alles nicht verstehen. Wer will mich umbringen?"

„Wir wissen noch gar nicht, ob Sie jemand umbringen will", versuchte Ilse sie zu beschwichtigen und sagte nichts ahnend genau den Spruch auf, den Jenny in der letzten halben Stunde schon ein paar Mal benutzt hatte, wenngleich auch ohne Erfolg. „Wir können ja nicht mal mit Gewissheit sagen, dass zwischen den Tulpen und dem Mord an Meneer Hansen tatsächlich ein Zusammenhang besteht. Womöglich werden jeden Tag irgendwo im Land schwarze Tulpen ausgeliefert, ohne dass die Empfänger wissen, was es damit auf sich hat. Ob das so ist, können wir nicht sagen, weil es offenbar anderswo keine Mordfälle gegeben hat, die von den zuständigen Kollegen mit den Tulpen in Verbindung gebracht wurden. Das Ganze kann ebenso gut eine große Werbeaktion sein, die bewirken soll, dass die Leute darüber reden und anfangen zu grübeln, was es mit den Blumen auf sich hat. Aber für den Moment gehen wir davon aus, dass die Tulpenlieferungen an Meneer Hansen etwas mit seiner Ermordung zu haben. Und solange uns keine Erkenntnisse vorliegen, die diese Annahme widerlegen, müssen wir auch davon ausgehen, dass Sie ebenfalls zehn Tage lang schwarze Tulpen geliefert bekommen und dass jemand Sie nach der letzten Lieferung umbringen wird."

„Dass Sie mir damit nicht gerade Mut machen, wissen Sie ja, oder?", fragte Daphne.

„Ich will Ihnen gar keinen Mut machen, weil Mut nur dazu führen würde, dass Sie sich überschätzen und die Situation falsch einschätzen", machte Ilse ihr klar. „Sie müssen sich darüber im Klaren sein, dass momentan

Ihr Leben auf dem Spiel steht und dass es für Sie das Beste ist, wenn wir Sie für die nächsten Tage woanders unterbringen, wo Sie garantiert in Sicherheit sind."

„Für die nächsten Tage?", wiederholte die junge Frau kopfschüttelnd. „Sie meinen, bis die letzte Blumenlieferung erledigt ist und der Killer vor meiner Tür steht?"

„So weit wollen wir es gar nicht kommen lassen", erklärte die Polizistin geduldig. „Packen Sie eine Reisetasche mit allem, was Sie für die nächsten fünf bis sechs Tage brauchen, und dann bringen wir Sie in ein Hotel. Agent Houtmans wird Sie begleiten und Sie wieder hierher zu uns zurückbringen."

„Wie? Jetzt sofort?"

„Ja, jetzt sofort", beharrte die Polizistin. „Wir kennen den Ablauf bei Meneer Hansen, aber wir wissen nicht, ob der Täter deshalb bei jedem möglichen nächsten Opfer auch genauso vorgehen wird. Vielleicht will er mit der Polizei spielen, die darauf wartet, dass er am Tag nach der letzten schwarzen Tulpe sein ausgewähltes Opfer aufsucht. Also taucht er zwei Tage früher dort auf, wenn noch niemand mit ihm rechnet."

„Ich dachte, Serienmörder gehen immer gleich vor", murmelte Daphne.

„Das ist leider ein Irrglaube", sagte Ilse. „Diese Mörder sind nicht dumm, sondern in aller Regel hochintelligente Leute, die es beherrschen, mit anderen zu spielen, indem sie die Polizisten eine Weile glauben lassen, dass die die Lage im Griff haben, nur um dann eine ganz andere Taktik zu wählen. Das Einzige, was diese Leute wirklich gemeinsam haben, ist ihr ganz persönliches Markenzeichen, indem sie ihrem Opfer zum Beispiel ein Symbol oder ein paar Buchstaben in die Stirn ritzen, um allen zu zeigen, dass sie hier waren."

„Hat der Mörder das bei diesem ... Hansen auch gemacht?", wollte Daphne wissen.

„Nach unseren Erkenntnissen, aber ein Muster erkennt man ohnehin erst, wenn es bei einem zweiten Opfer auch zu finden ist", antwortete Ilse. „Aber ich möchte nicht, dass Sie das Opfer sind, das unsere Gerichtsmediziner erkennen lässt, dass wir es mit einem Serientäter zu tun haben."

Daphne verzog den Mund. „Das möchte ich aber auch nicht."

„Dachte ich mir. Und deshalb sollten Sie jetzt nach Hause gehen, eine Tasche packen und wieder herkommen."

Daphne nickte stumm, stand auf und ging weg, der Polizist folgte ihr.

„Damit ist sie schon mal aus der Schusslinie", sagte Ilse und nickte zufrieden. „Aber das nächste Problem wartet schon."

„Und zwar?", fragte Jenny.

„Das Personalproblem", antwortete Ilse. „Heute werden in der Eredivisie gleich zwei Risikospiele nachgeholt, was wieder mal zeigt, dass der Fußball zu viel Einfluss hat."

Rainer und Jenny sahen sie abwartend an, während sie sich übers Gesicht rieb und frustriert seufzte.

„Die Polizei ist notorisch unterbesetzt, und für ein Risikospiel werden Hundertschaften angefordert, damit sich die Hooligans nicht gegenseitig den Schädel einschlagen", redete sie weiter. „Zwei Spiele gleichzeitig erfordern zweimal so viele Hundertschaften, und weil wir nicht genug Wasserwerfer haben, müssen uns die Kollegen aus Deutschland auch noch ein oder zwei Fahrzeuge leihen." Sie sah abwechselnd Jenny und Rainer an. „Sie wissen, was das heißt?"

„Sie haben nicht genug Leute, um unserem Tulpenlieferanten eine Falle zu stellen", antwortete Jenny. Es war eine Feststellung, denn auf etwas anderes konnten diesen Ausführungen gar nicht hinauslaufen.

„Jedenfalls nicht, wenn wir das heute Nacht machen wollen", sagte die Polizistin.

„Und wir sollten es heute Nacht machen, weil wir nicht wissen, ob der Mörder merkt, dass Mevrouw Bevers gar nicht zu Hause ist, und unter Umständen die Lieferung absagt", fügte Rainer hinzu.

Ilse musste lächeln, als sie sagte: „Sie beide haben Ihren Beruf verfehlt." Dann wurde sie wieder ernst.

„Mal sehen", überlegte Jenny. „Wenn wir davon ausgehen, dass der Lieferant mit dem Auto kommt und auf der Grote Straat parkt, um nicht gesehen zu werden, dann brauchen wir jemanden, der an der Ecke zur Grote Marktstraat wartet. Sinnvollerweise im Auto, um dem Lieferanten zu folgen, wenn der entwischen sollte. Das könnte ich übernehmen." Sie gestikulierte, als sie sich vorstellte, von welchem Punkt aus wie viel zu beobachten war. „Ein zweiter Wagen sollte an der Ecke Kleine Marktstraat stehen, falls der Lieferant aus der anderen Richtung kommt und irgendwo da vorn parkt. Das wäre zum Beispiel dein Platz, Rainer." Er nickte kurz. „Unser Wijkagent könnte dort am Deich stehen, wo er freie Sicht auf das Haus hat und zugreifen kann, wenn unser Lieferant nach dem Abliefern einmal um den Block gehen will, um von einer anderen Seite zu seinem Wagen zurückzugehen. Und Sie, Ilse, könnten in der Nähe der Treppe zum Deich warten, damit Sie ihn dort stellen können, falls er etwas merkt und über diesen Weg fliehen will."

Ilse zuckte mit den Schultern und schwieg nur.

„Wenn das ein idiotischer Plan ist, sagen Sie es einfach", fuhr Jenny fort, als von der Polizistin immer noch keine Reaktion kam. „Ich kann Kritik aushalten, auch wenn das vielleicht nicht immer so aussieht. Das war jetzt wirklich nur drauflosgeredet, weiter nichts."

„Ja, drauflosgeredet", warf Ilse ein. „Und zu achtundneunzig Prozent deckungsgleich mit dem, was ich mir überlegt hatte."

Jenny zog betont die Mundwinkel nach unten. „Nur zu achtundneunzig Prozent deckungsgleich? Jetzt bin ich aber enttäuscht."

„Sie werden darüber hinwegkommen", sagte Ilse augenzwinkernd. „Die zwei Prozent Abweichung haben nur damit zu tun, dass ich gleich aus unserem Wagenbestand zwei Zivilfahrzeuge für Sie beide herbringen lassen werde. Wenn es dazu kommen sollte, dass der Lieferant uns entwischt und einer von Ihnen schneller die Verfolgung aufnehmen kann, dann erwartet mich ein bürokratisches Monster allein schon für den Fall, dass Ihre eigenen Autos dabei eine kleine Schramme abbekommen. Vom Ärger, den ich mir damit auch noch aufhalse, will ich gar nicht erst reden."

„Okay", willigte Jenny ein, und auch Rainer nickte zustimmend. „Dann haben wir einen Plan?"

„Einen Plan haben wir", bestätigte Ilse. „Ob er funktioniert, steht auf einem anderen Blatt."

„Sind alle noch wach?“, ertönte gegen halb vier in der kommenden Nacht Ilses Stimme aus dem Funkgerät, das in der Halterung am Armaturenbrett des Zivilfahrzeugs festgemacht war.

„Ja, Commissaris“, meldete sich Houtmans.

„Ich ebenfalls“, antwortete Jenny, nachdem sie auf die Sprechtaste gedrückt hatte.

„Ich nicht“, verkündete Rainer als Letzter. „Das ist alles nur ein schlechter Traum.“

„Schön wär’s“, meinte Ilse.

Jenny ließ den Blick über die nächtliche Grote Straat wandern und stellte einmal mehr fest, dass in Zuiderdijk nachts absolut nichts los war, zumindest nicht mitten in der Woche und nur ein paar Tage vor Ferienbeginn. Während der Ferien sah das etwas anders aus, vor allem freitags und samstags, wenn die Lokale bis ein Uhr in der Nacht geöffnet hatten. Aber da es in Zuiderdijk in erster Linie Restaurants gab und nur zwei Lokale etwas vom Ambiente einer Kneipe hatten, kam es hier nie zu solchen Exzessen, wie sie Jahr für Jahr aus Renesse gemeldet wurden, wo sogar deutsche Polizisten Dienst taten, um das Partyvolk einigermaßen zu bändigen. Hier schlenderte man allenfalls gesättigt zurück zur Pension oder zum Campingplatz, und ein paar Leute setzten sich dann in ihre Autos, um zu ihren Quartieren in den benachbarten Dörfern zu fahren.

In der Woche und außerhalb der Saison war durchweg spätestens ab Mitternacht alles geschlossen, und selbst der Supermarkt wurde nicht vor neun Uhr morgens beliefert, weil das Motorengeräusch und der Lärm Dutzender Rollcontainer das halbe Dorf aufgeweckt hätten. Sogar der Markt, der in der alten Kirche stattfand, öffnete später als anderswo üblich, weil rund um den Marktplatz Wohnhäuser standen und niemand um sechs Uhr morgens aus dem Schlaf gerissen werden wollte, weil Kisten durch die Gegend geworfen wurden oder weil die Standbetreiber aus dem Inneren der Kirche quer über den Platz ihren Helfern zubrüllten, was die ihnen als Nächstes aus dem Transporter bringen sollten.

Jenny konnte von dieser Ruhe nicht genug kriegen und stand im Sommer manchmal schon um fünf Uhr auf, um auf den Deich zu gehen und nichts außer dem Rauschen der Wellen zu hören. Um diese Zeit waren nicht mal die Möwen zu hören, die sonst mit ihrem Kreischen auf sich aufmerksam machten. Diese völlige Ruhe herrschte auch jetzt, da nicht mal ein Auto Zuiderdijk durchquerte, obwohl es sich nicht um eine verkehrsberuhigte Zone handelte, um die ein Navigationsgerät jeden Autofahrer herumgelotst hätte. Fast schien es so, als wollten nicht mal die Hersteller dieser Geräte die himmlische Ruhe stören.

Als Jenny den Kopf wieder nach rechts drehte, musste sie unwillkürlich lächeln. In einiger Entfernung war ein Scheinwerferpaar zu sehen, und in wenigen Minuten würde der Wagen, der dort unterwegs war, Zuiderdijk erreicht haben. Von dort bis zu der Stelle, an der Jenny in Position gegangen war, gab es keine Möglichkeit, noch kurz vor der Ortschaft nach rechts oder links abzuziehen. Das wäre nur mit einem Traktor möglich gewesen, aber was sich da näherte, war eindeutig kein Traktor. Dafür konnte Jenny die Scheinwerfer längst zu deutlich sehen, als dass sie sie jetzt noch mit denen eines Traktors hätte verwechseln müssen, die höher und vor allem näher beieinander gewesen wären.

„Ich sehe was, was ihr nicht seht", sagte sie, nachdem sie die Sprechtaste des Funkgeräts gedrückt hatte.

„Mein Bett?", fragte Rainer amüsiert.

„Aus nördlicher Richtung nähert sich ein Wagen", redete sie weiter. „Erkennen kann ich noch nichts, aber um die Zeit ist hier sonst niemand unterwegs."

„Hoffen wir das Beste", sagte Ilse.

Der Wagen kam näher, aber er war immer noch zu weit entfernt, um etwas zum Modell sagen zu können. Dann wurde er langsamer und fuhr dort an den Straßenrand, wo es zu beiden Seiten noch keine Bebauung gab. Wenn sich nicht gerade jemand um diese Zeit aus dem Fenster lehnte – oder in einem Zivilfahrzeug der Polizei saß, um ein Haus zu observieren, fügte Jenny in Gedanken hinzu –, konnte keiner auf den Wagen aufmerksam werden. Der Fahrer machte das Licht aus, und erst jetzt, als sie nicht mehr von den Scheinwerfern geblendet wurde, konnte sie im schwachen Schein der letzten Straßenlaterne erkennen, dass es sich um einen kleinen Transporter handelte. Jemand stieg aus, ging nach hinten, als würde er die Hecktüren öffnen, und tauchte einen Moment später auf der anderen Seite des Wagens wieder auf. Die dunkel gekleidete Person schien ein Mann zu sein, jedenfalls war das der Eindruck, den die Statur vermittelte. Auch wenn die Straßenlaterne nicht viel Helligkeit verbreitete, konnte sie erkennen, dass der Mann, der ganz dicht an der Hauswand der drei Wohnhäuser entlangging und damit ganz am Rand des Lichtkegels unterwegs war, in einer Hand einen Blumenstrauß hielt.

„Das ist unser Lieferant", ließ sie die anderen wissen. „Er nähert sich dem Dijkweg. Er biegt ein."

„Ich sehe ihn", meldete sich Houtmans zu Wort.

Jenny saß da und konnte ihr Glück kaum glauben. Alles lief ganz genau so, wie sie es sich ausgemalt hatte. Natürlich war sie nicht davon ausgegangen, dass es so kommen würde, denn eigentlich hätte der Lieferant unterwegs eine Panne haben oder eine Gruppe verirrter Touristen genau vor Daphne Bevers' Haus stranden müssen, was den Lieferanten zur sofortigen Umkehr gezwungen hätte. Aber nein, nichts war dazwischengekommen. Es war nur noch eine Frage von wenigen Augenblicken, dann hatte er das Haus erreicht und Houtmans würde aus seiner Deckung kommen, um den Mann festzuhalten. Und sollte ihm dennoch die Flucht gelingen, würde Jenny den Motor starten und mit quietschenden Reifen losfahren, um nach wenigen Metern so stehen zu bleiben, dass er mit seinem Transporter nicht mehr wegfahren konnte.

Ihre Freude sollte allerdings nicht von langer Dauer sein, denn auf einmal bemerkte sie eine Bewegung im rechten Außenspiegel, die sie von dem Mann mit dem Blumenstrauß ablenkte. Von hinten kam eine vermummte Gestalt in Richtung Grote Straat gelaufen, die so rannte, als wäre der Leibhaftige hinter ihr her. Ehe Jenny reagieren konnte, hatte der Unbekannte ihren Wagen passiert und überquerte bereits die Straße. Es war klar, dass der Dijkweg sein Ziel war, aber Jenny fragte sich, wer um diese Zeit quer durch Zuiderdijk rannte, und das auch noch genau in dem Moment, als der Blumenlieferant die Szene betreten hatte.

Von dem Augenblick an, ereignete sich innerhalb von vielleicht einer Minute so viel, dass Jenny später vermutlich Mühe haben würde, die Ereignisse in der richtigen Reihenfolge wiederzugeben. Vor allem aber würde sie Mühe haben zu verstehen, wie ihr so viele Dinge gleichzeitig durch den Kopf schießen konnten, die nur Bruchteile von Sekunden brauchten, die aber in einem Roman zwei Seiten oder mehr gefüllt hätten.

Obwohl sie mitverfolgen wollte, wohin der Vermummte rannte, wurde sie erneut durch etwas abgelenkt, was sie aus dem Augenwinkel im Außenspiegel bemerkte. Die Fassaden der Lokale, die eigentlich so dunkel wie die Nacht sein sollten, waren in einen seltsamen orangeroten Lichtschein getaucht, der hin und her zu zucken schien. „Feuer!", flüsterte sie. Der Vermummte war der Brandstifter? Nein, so viel Glück konnten sie unmöglich haben, dass sie in ein und derselben Nacht den Brandstifter und den Mann zu fassen bekamen, der zumindest mittelbar mit dem Mord an Knut Hansen zu tun hatte.

Aber das waren eindeutig Flammen! Die rechte Hand zuckte nach dem Funkgerät, um den anderen Bescheid zu geben, dass der Vermummte unbedingt gefasst werden musste. Um sich zu vergewissern, dass sie die richtige Taste erwischte, sah sie für den Bruchteil einer Sekunde zum Armaturenbrett – und las auf dem kleinen Display des Funkgeräts noch eben die Worte „Akku leer", ehe die Anzeige erlosch.

„Verdammt!", fluchte sie und sah wieder nach vorn.

„Halt, Polizei!", hörte sie Houtmans rufen, der zu Daphnes Haus lief, wo gerade der Lieferant wiederauftauchte, diesmal mit leeren Händen, nachdem er offenbar die Blumen abgelegt hatte. Der Lieferant trat die Flucht an, Houtmans war noch ein Stück weit von ihm entfernt, während der Vermummte soeben auf der anderen Straßenseite in den Dijkweg lief.

In der nächsten Sekunde gab es einen dumpfen Knall und im Rückspiegel sah Jenny einen Feuerball hinter den Bäumen aufsteigen, die auf dieser Seite rund um die Kirche standen. „Das ist doch …", begann sie, während mehrere Alarmanlagen anschlugen, die auf die Druckwelle der kleinen Explosion reagiert haben mussten. Ihr erster Reflex war, sofort auszusteigen und nachzusehen, ob jemand verletzt war. Aber davon war eigentlich nicht auszugehen, weil der Brandstifter bislang immer darauf geachtet hatte, dass der ausgewählte Wagen „nur" komplett ausbrannte. Entweder hatte er seine Methode geändert oder in diesem Wagen hatte ein voller Reservekanister im Kofferraum gelegen, den die Flammen erfasst hatten. Der Knall an sich war laut genug gewesen, um halb Zuiderdijk aufzuwecken, und das Plärren der Alarmanlagen genügte, um auch noch die andere Hälfte aus dem Schlaf zu holen. Sollte tatsächlich jemand verletzt sein, waren jeden Augenblick mehr als genug Anwohner zur Stelle, um sich um alles zu kümmern.

Stattdessen konzentrierte sie sich wieder auf die andere Straßenseite. Der Vermummte war vor Schreck über den Knall und den Feuerball stehen geblieben und hatte sich umgedreht. Auch der Polizist hatte innegehalten, aber offenbar nicht nur wegen der Explosion, sondern auch, weil ihm der Vermummte auf der anderen Straßenseite aufgefallen war. Der Blumenlieferant hatte sich von dem Knall gar nicht beeindrucken lassen, sondern war bereits auf dem Weg zu seinem Wagen.

Houtman schien einen Moment lang abzuwägen, was wichtiger war: der Lieferant oder der Vermummte. Dann hielt er seine Taschenlampe auf Jennys Wagen gerichtet und schwenkte sie zweimal rasch nach links und damit in die Richtung, in die der Lieferant gelaufen war. Es war so, als würde er ihr zuwinken. Ohne abzuwarten, ob sie seine Lichtzeichen überhaupt verstanden hatte, rief er erneut: „Halt! Polizei!" Diesmal galt der Ruf aber dem Vermummten, der sich wieder in Bewegung gesetzt hatte, jetzt aber erst auf den Polizisten aufmerksam geworden war, der dicht hinter ihm war – bis der Mann zum Sprint ansetzte und mit deutlichem Vorsprung nach links abbog.

Jenny wandte den Blick von den beiden ab und sah nach rechts. Dort wendete gerade eben der kleine Transporter und fuhr davon, allerdings ohne besondere Eile. Sie ließ den Motor an und folgte ihm mit großem Abstand, der ausreichen sollte, um ihm nicht das Gefühl zu geben, dass sie ihm hinterherfuhr. Jenny hatte damit kein Problem, da sie sich hier überall auskannte und genau wusste, ab wann sie den Abstand zu dem Transporter verringern musste, damit sie ihn nicht aus den Augen verlor. Zu gern hätte sie Rainer oder Ilse angerufen, um sie wissen zu lassen, dass sie den Blumenlieferanten verfolgte, aber auf der stockfinsteren Landstraße hielt sie es für keine gute Idee, den Blick von der Fahrbahn zu nehmen und auf ihr Smartphone zu schauen. Sie verfluchte einmal mehr, dass sie sich überhaupt ein Smartphone zugelegt hatte, das außer einer glatten Oberfläche nichts zu bieten hatte. Auf ihrem alten Handy war es noch möglich gewesen, die Tastatur blind zu bedienen, da sie fühlen konnte, welche Taste sie gerade unter ihrer Fingerkuppe hatte.

Es wunderte sie allerdings auch, dass keiner von ihnen sie anrief. Schließlich konnten sie nicht wissen, wo sie sich gerade befand und ob sie einen Anruf annehmen konnte oder nicht. Sie hätten es wenigstens versuchen können. Andererseits hatte Rainers und Ilses Schweigen vielleicht etwas mit dem mutmaßlichen Brandstifter zu tun, der im Begriff gewesen war, Houtmans davonzulaufen.

Ein Problem hatte dieser Versuch zu entkommen eigentlich nicht darstellen dürfen, da der Unbekannte auf diesem Weg Ilse genau in die Arme laufen musste. Was auch immer die Gründe für das Schweigen der anderen sein mochten, Jenny konnte daran momentan ohnehin nichts ändern. Es würde sich schon noch eine Gelegenheit ergeben, um sie auf dem Laufenden zu halten. Im Augenblick musste sie auf die Verfolgung des Blumenlieferanten konzentrieren.

Als sie Middelburg erreicht hatten und der kleine Lieferwagen auf die Autobahn in Richtung Bergen op Zoom abbog, begann Jenny zu befürchten, dass es eine sehr lange Nacht werden könnte ...

7. Kapitel

Zu Jennys Erleichterung dauerte die Fahrt nicht ganz so lange, da sich Breda als Ziel des Blumenlieferanten entpuppte. Noch bevor sie dort angekommen waren, hatte Rainer sie angerufen. Da sie nur eine Taste auf dem Display drücken musste, was sie nicht zu sehr vom Autofahren ablenken würde, hatte sie den Anruf angenommen, ihm aber nur gesagt, dass mit ihr alles in Ordnung war und dass sie dem Blumenlieferanten auf den Fersen war. Sie versprach ihm, sich bei ihm oder Ilse zu melden, sobald sie mitteilen konnte, wo die Fahrt geendet hatte und wo der Mann zu finden war. Von den Ereignissen in Zuiderdijk würde er ihr später erzählen, weil das jetzt zu viel Zeit in Anspruch nahm und sie zu sehr in ihrer Konzentration störte, wie sie ihm in den vergangenen Monaten ein paar Mal hatte erklären müssen, ehe es endlich bei ihm angekommen war.

Anfangs hatte sie auch gern während der Fahrt telefoniert, weil es gerade auf langen Strecken die Fahrtzeit zu verkürzen schien. Aber ein Erlebnis hatte sie dann umdenken lassen und das Telefonieren im Auto auf das absolute Minimum beschränkt. Sie war nach Rotterdam gefahren, um dort einen geschäftlichen Termin wahrzunehmen. Als sie von der Autobahn in Richtung Innenstadt abbog, rief ihr Steuerberater an, der noch ein paar Fragen zu einer Handvoll Unterlagen hatte. Für Jenny war es kein Problem gewesen, das während der Fahrt zu erledigen. Als sie dann nach einer halben Stunde das Gespräch beendete, weil alle Fragen geklärt waren, stellte sie fest, dass sie zwar noch in Rotterdam war, aber keine Ahnung hatte, wo genau in der Stadt sie sich befand. Beim Blick auf den Stadtplan musste sie einsehen, dass sie während der gesamten Fahrt von ihrer Umgebung nichts wahrgenommen und auch nicht gemerkt hatte, dass sie wegen einer Großbaustelle auf eine Umleitungsstrecke ausgewichen war. Sie konnte sich nicht erklären, wieso sie auf der gesamten Strecke nicht ein Dutzend Unfälle verursacht und zehn rote Ampeln überfahren hatte. Und selbst wenn das der Fall gewesen wäre, hätte sie daran keine Erinnerung gehabt. Zwar war sie froh, diese Episode unbeschadet überstanden zu haben, aber bei dem Gedanken daran, was alles hätte passieren können, wenn ihr Unterbewusstsein nicht so sehr die Kontrolle über ihr Handeln übernommen hätte, war ihr noch nachträglich übel geworden.

So groß die Neugier auch war zu erfahren, was sich in der Zwischenzeit in Zuiderdijk abgespielt hatte, würde sie nicht das Risiko eines erneuten Blindflugs eingehen, noch dazu in der stockfinsteren Nacht und bei hundertzwanzig Stundenkilometern. Was immer geschehen sein mochte, es änderte nichts daran, dass der Blumenlieferant nicht entkommen durfte. Dummerweise war sein Lieferwagen nicht beschriftet, sodass sie lange Zeit keine Ahnung gehabt hatte, wohin die nächtliche Fahrt ging. Immerhin hatte sie Rainer das Kennzeichen des Wagens durchgeben können, das er so bald wie möglich an Ilse weitergeben würde, damit die den Halter feststellen lassen konnte.

Der Lieferant schien zu der Sorte Autofahrer zu gehören, für die Rückspiegel ein nettes Designelement waren, das aber keinen praktischen Nutzen zu bieten schien. Obwohl sie seit Zuiderdijk hinter ihm blieb und mal mehr, mal weniger Abstand hielt, ohne ihn aus den Augen zu verlieren, schien es ihm nicht aufzufallen, dass er von ihr verfolgt wurde. Womöglich hing es damit zusammen, dass der Polizist, der ihn zum Stehenbleiben aufgefordert hatte, durch den Knall und den Feuerball so abgelenkt worden war, dass der Lieferant ihm hatte entkommen können. Vielleicht war er ja davon ausgegangen, dass ein Streifenwagen mit Blaulicht und Sirene die Verfolgung aufnehmen würde, um ihn bei der erstbesten Gelegenheit zu überholen und zum Anhalten zu zwingen.

Die Fahrt ging quer durch Breda, wo Jenny noch nie gewesen war, sodass sie absolut keine Orientierung hatte, wo in der Stadt sie sich gerade befand. Aber das war auch nicht weiter schlimm, denn wichtig war nur, wo der Mann den Wagen abstellte und in welches Haus er dann ging. Wenn sie diese Daten an Ilse durchgeben konnte, würde die sich um alles Weitere kümmern. Doch damit würde für Jenny die Nacht noch nicht um sein, denn auch wenn Ilse dann wusste, wo der Verdächtige zu finden war, musste sie erst mal von Zuiderdijk herkommen. Zugegeben, mit Blaulicht und Sirene würde sie keine eineinviertel Stunden benötigen, um Breda zu erreichen. Trotzdem lag Breda nicht mal eben um die Ecke, und sie musste auch einkalkulieren, dass Ilse sich vielleicht nicht sofort auf den Weg machen

konnte, je nachdem, was die Verfolgung des mutmaßlichen Brandstifters ergeben hatte. Ja, es würde eine
lange Nacht werden, so lange sogar, dass die Nacht bereits vorbei sein würde, wenn Ilse hier ankam.

Einmal dachte Jenny, dass sie am Ziel angekommen
waren, da der Lieferant seinen Wagen am Straßenrand
abstellte. Aber dann ging er doch nur zu einer Bäckerei,
die offiziell noch geschlossen war, für Stammkunden
aber offenbar eine Ausnahme machte, da ihm eine Frau
in weißem Kittel die Tür aufschloss, als er anklopfte.
Nachdem er die Bäckerei betreten hatte, begann er eine
Unterhaltung mit der Frau, die sich über eine Viertelstunde hinzog. Wie es schien, war nicht er derjenige,
der kein Ende fand, denn Jenny konnte sehen, wie er
sich Schritt für Schritt der Tür näherte, während die
Verkäuferin unablässig weiterredete. Der Mann, dessen Gesicht sie wegen der hochgezogenen Kapuze noch
immer nicht sehen konnte, nickte immer wieder, so als
hoffte er, dass die Frau hinter der Theke durch bestän-
diges Zustimmen irgendwann zufrieden war und auf-
hörte zu reden. Doch selbst als er die Tür bereits aufgemacht hatte und mit einem Bein draußen stand, redete
und gestikulierte die Frau. Dann gelang es ihm aber
doch zu gehen, und als er Jenny nicht länger die Sicht
versperrte, konnte sie den Grund für das Ende der Unterhaltung erkennen: Die Frau drehte sich um und
nahm den Hörer eines altmodischen schwarzen Tele-
fons mit Wählscheibe ab, das hinter ihr an der Wand
hing.

Der Mann lief zurück zum Wagen, aber auch jetzt bekam Jenny sein Gesicht nicht zu sehen, da sie das Licht

an ihrem Fahrzeug ausgemacht hatte, um nicht aufzufallen. Noch immer schien es ihn nicht zu kümmern, dass da nach wie vor ein weißer Golf dicht hinter ihm war, der gleich nach ihm losfuhr.

Die Fahrt ging weiter. Obwohl Jenny sich in Breda nicht auskannte, merkte sie, dass der Mann einen großen Umweg gefahren war, nur um zu dieser Bäckerei zu gelangen. Sie fuhren zwar nicht auf derselben Straße zurück, aber auf dem Bildschirm des Navis konnte sie sehen, dass sie auf einer parallel verlaufenden Straße in die Richtung unterwegs waren, aus der sie gekommen waren.

Dann auf einmal setzte der Mann der Blinker, bremste ab und fuhr bis dicht an eine geschlossene Toreinfahrt heran. „Volltreffer", murmelte Jenny, als sie langsam vorbeifuhr und sah, dass die Einfahrt zu dem Haus gehörte, in dem sich im Erdgeschoss ein großer Blumenladen befand.

Nachdem sie ein paar Meter weiter eine freie Parklücke entdeckt hatte, griff sie zum Handy und rief Ilse an, um ihr die Adresse durchzugeben. Ihr war klar, dass sie hier würde warten müssen, bis die Polizistin eingetroffen war. Sollte der Lieferant in einer halben Stunde wieder wegfahren, musste sie bereit sein, ihn weiterzuverfolgen. Sie hoffte nur, dass sie in der Zwischenzeit nicht einschlief ...

„Tut mir leid, dass es so lange gedauert hat", sagte Ilse, als sie gegen halb sieben auf der Beifahrerseite einstieg und Jenny einen der beiden Kaffeebecher gab, die sie mitgebracht hatte. „Aber bei einem quer liegenden Lastwagen auf der Autobahn hilft mir mein Blaulicht nicht weiter."

„Macht doch nichts“, erwiderte Jenny und nickte dankend, während sie den Becher entgegennahm. „Wie ist es denn bei Ihnen gelaufen? Ist der Vermummte der Brandstifter?“

„Davon gehen wir aus, weil gegenüber von Toni’s Frituurhal wieder ein Wagen aus Deutschland ausgebrannt ist“, berichtete die Polizistin und fügte mürrisch hinzu: „Das Unerfreuliche ist, dass Wim Houtmans verletzt wurde und der Brandstifter entkommen ist. Tut mir übrigens leid, dass ich nicht darauf geachtet habe, ob der Akku für Ihr Funkgerät voll geladen war.“

„Passiert ist passiert, Ilse“, sagte Jenny und winkte ab. „Wie konnte der Brandstifter denn entkommen? Ist er Wim davongelaufen? Ich hatte nämlich das Gefühl, dass er einen großen Vorsprung hatte, als er um die Ecke bog.“

„Wim hatte ihn fast eingeholt, da kam ich den beiden entgegengelaufen und forderte den Vermummten auf, stehen zu bleiben. Leider nahm der das so wörtlich, dass Wim mit ihm zusammenstieß und auf dem Gehweg landete. Dabei stieß er sich den Kopf am Gartenzaun an und war für einen Moment bewusstlos. Der Brandstifter nutzte die zwei Sekunden, die ich abgelenkt war und mir um meinen Kollegen Sorgen machte, und rannte den Deich hinauf. Ich bin zur Treppe gelaufen und nach oben gestürmt, aber da raste er bereits in Richtung Westkapelle auf einem Fahrrad davon, das er offenbar irgendwo da oben versteckt hatte, um nach dem Brandanschlag schnell und unbemerkt zu entkommen. Auf meine Rufe reagierte er natürlich nicht, und da auch noch ein Radfahrer entgegenkam, konnte ich nicht mal einen Warnschuss abgeben, ohne Gefahr zu laufen, dass der Radfahrer vor Schreck umkippt und sich verletzt.“

„Und wie geht es Wim?“, fragte Jenny besorgt.

„Zum Glück nur eine Schramme an der Stirn. Trotzdem bin ich sofort mit ihm ins Krankenhaus gefahren, damit er untersucht wird. Vorsorglich bleibt er bis heute Nachmittag zur Beobachtung dort.“

„Und Rainer? Wir hatten nur ganz kurz telefonieren können“, erklärte Jenny. „Ich hätte zwar bis gerade eben Zeit genug gehabt, um ihn anzurufen, aber ich wollte nicht riskieren, dass ich ihn aus dem Schlaf reiße.“

„Er hat noch versucht, den Brandstifter zu verfolgen“, sagte Ilse. „Über gut zwei Kilometer ist ihm das auch gelungen, da die Straße in Sichtweite verläuft, aber dann kommt ja diese Linkskurve, und dann geht der Blickkontakt zum Deich verloren. Wie weit der Brandstifter noch gefahren ist, können wir nicht sagen. Wir wissen ja nicht mal, ob er in südliche Richtung davongefahren ist, um uns in die Irre zu führen.“

„Richtig“, stimmte Jenny ihr zu. „Er kann ja jederzeit den Deich verlassen haben und auf einem anderen Weg in Richtung Norden gefahren sein.“

„Das ist das Problem. Und je nach Kondition kann er eine weite Strecke zurückgelegt haben, um in Zuiderdijk und Umgebung zu zündeln“, ergänzte die Polizistin und schüttelte den Kopf. „Ich kann es noch immer nicht glauben, dass zwei voneinander völlig unabhängige Fälle beinahe gleichzeitig hätten aufgeklärt werden können.“

„Als ich den Brandstifter im Rückspiegel sah, dachte ich mir schon, dass da irgendwas nicht stimmen kann“, erzählte Jenny. „Aber dass es sich um den Brandstifter handeln könnte, wäre mir im Traum nicht eingefallen. Sonst hätte ich die Tür aufgerissen, als er neben mir war, um ihn aufzuhalten.“

„Aber dann wäre uns vermutlich Henk Doesman entkommen“, hielt Ilse dagegen.

„Henk ... wer?“

„Henk Doesman. Der Mann, dem der Lieferwagen gehört, den Sie verfolgt haben, und dem auch dieser Blumenladen gehört.“

„Ach, der Henk Doesman“, erwiderte Jenny in einem Tonfall, als hätte sie von Anfang an gewusst, von wem die Rede war, während ihr Grinsen genau das Gegenteil aussagte. „Ja, stimmt, der wäre wohl entkommen, denn Wim hätte in dem Moment sicherlich auch nicht gewusst, um wen er sich zuerst kümmern sollte.“

„Selbst wenn Sie Ihr Funkgerät noch hätten bedienen können, wäre es gar nicht möglich gewesen, innerhalb von ein paar Sekunden eine andere als die besprochene Vorgehensweise zu verabreden“, sagte Ilse. „Den Blumenlieferanten zu verfolgen, hatte in dem Moment eindeutig Vorrang. Immerhin hat er vermutlich Hansen umgebracht, und allem Anschein nach wollte er ja wohl auch Mevrouw Bevers töten. Der Brandstifter verursacht ‚nur‘ hohe Sachschäden, jedenfalls bislang.“

„Dabei darf es auch bleiben, obwohl es natürlich besser wäre, den Typen aus dem Verkehr zu ziehen.“

„Wahre Worte“, murmelte die Polizistin und trank einen Schluck Kaffee.

„Was werden Sie mit Doesman machen? Ihn verhaften?“

Ilse schüttelte den Kopf. „Dann müsste ich mich erst mit den Kollegen hier aus der Stadt in Verbindung setzen, weil das nicht in meine Zuständigkeit fällt. Das dauert mir aber zu lang, zumal ich dann erst alles haarklein schildern müsste, was in Zuiderdijk passiert ist und warum der Mann verhaftet werden muss. Wir haben jetzt zehn vor sieben. Was glauben Sie, wie begeistert der zuständige Kollege sein wird, wenn er dafür aus dem Bett geholt wird?“

„Vielleicht ist er ja Frühaufsteher“, warf Jenny ironisch ein.

„Dann störe ich ihn beim Frühstück oder vielleicht auch schon beim zweiten Frühstück“, hielt Ilse dagegen. „Nein, sobald er öffnet, gehen wir rein und fragen ihn. Wenn er dann fliehen will oder versucht uns anzugreifen, verpasse ich ihm ein Paar Handschellen, und erst dann rufen wir die örtlichen Kollegen dazu.“

„Raffiniert“, kommentierte Jenny.

„Man muss nur wissen, wie man die Bürokratie mit ihren eigenen Waffen schlägt“, wehrte Ilse ab.

Jenny sah auf die Uhr am Armaturenbrett. „Dann wollen wir mal hoffen, dass Henk keinen von diesen Blumenläden hat, die erst um elf Uhr öffnen.“

„Hat er nicht“, versicherte die Polizistin ihr. „Ich habe mir seine Internetseite angesehen und feststellen dürfen, dass er neben dem normalen Blumengeschäft auf Kränze für Beerdigungen und anderen Grabschmuck spezialisiert ist.“

„Wie passend für einen potenziellen Mörder“, murmelte Jenny.

„Passend und für uns von großem Vorteil, weil er in zehn Minuten öffnet."

„Wer will morgens um sieben einen Kranz haben? Sollen die für Last-Minute-Beerdigungen sein?"

„Die Kränze sollen wohl nicht über Nacht in irgendeiner Halle auf dem Friedhof herumstehen, sondern so frisch wie möglich sein." Ilse zuckte mit den Schultern. „Ich bin keine Expertin für Trauerkränze, aber irgendeinen Sinn wird es schon haben, dass Doesman in … fünf Minuten sein Geschäft öffnet."

Noch während sie redete, fuhr ein größerer Transporter vor, der mit Reklame des Blumengeschäfts beklebt war. Ein Mann und eine Frau stiegen aus, er trug über seiner Kleidung eine grüne Weste, sie eine grüne Schürze. Auf beiden war deutlich das Logo zu sehen, dass auch die Schaufensterscheibe zierte.

„Es geht los", sagte Ilse und stieg aus.

Jenny folgte ihr, dann gingen sie die wenigen Meter bis zum Blumenladen, gerade als das Tor von innen geöffnet wurde.

„Morgen, ihr zwei. Ich dachte schon, ihr kommt heute nicht", sagte ein Mann mit kahl rasiertem Schädel und kupferrotem Kinnbart ein wenig ungehalten. „Ich hatte Viertel vor gesagt, weil ihr heute Morgen zwei Stationen habt."

„Sorry, Henk, aber wenn du einen Trick kennst, wie man rote Ampeln auf Grün umschaltet, dann kannst du mir den mal beibringen", knurrte der andere Mann.

Beim Anblick des Mannes, der sich offenbar auch noch die Augenbrauen abrasiert hatte, musste Jenny prompt an einen der vielen Dämonen denken, die in *Buffy* aus dem Höllenschlund gekommen waren, um den Sterblichen auf der Erde das Leben schwerzumachen. Du siehst zu viele Serien, die du besser meiden solltest, ermahnte sie sich.

„Meneer Doesman?“, sagte Ilse, kaum dass der Mann seinen Angestellten erklärt hatte, was sie einladen sollten. „Commissaris Ruijters, Polizei, das ist meine Assistentin Jenny van Oosterburg.“

Doesman sah zwischen ihnen beiden hin und her, während er die Augen leicht zusammenkniff. Er schien angestrengt zu überlegen, ob er irgendetwas angestellt hatte, das die Polizei auf den Plan rufen würde.

„Was ... kann ich für Sie tun?“

„Sie können uns ein paar Fragen beantworten“, sagte Ilse freundlich.

„Okay, aber bitte nicht jetzt. Ich muss dafür sorgen, dass meine Leute die richtigen Kränze einpacken und da abliefern, wo sie hingehören. Das ...“

„Wenn Sie die Fragen lieber auf der Wache beantworten möchten, dann müssen Sie das nur sagen. Dann bringen wir Sie sofort hin, und Ihre Leute müssen die nächsten Stunden sogar ganz ohne Sie auskommen.“

Doesman verdrehte die Augen. „Ich weiß zwar nicht, ob Sie tatsächlich das Recht dazu hätten, aber ich habe jetzt weder Lust noch Zeit, erst einmal einen Anwalt zu finden, der mir das bestätigen kann.“ Er zuckte mit den Schultern. „Ich bin mir keiner Schuld bewusst. Fragen Sie, was Sie fragen müssen, aber lassen Sie mich zwischendurch wenigstens kurz mit meinen Leuten reden, wenn ich ihnen noch irgendwelche Anweisungen geben muss.“

„Ich denke, das lässt sich einrichten", erwiderte Ilse und deutete auf die Ladentür. „Können wir uns drinnen unterhalten?"

Er nickte, schloss die Tür auf und hielt sie ihnen beim Hineingehen auf. „Um was geht es denn?"

„Um die schwarzen Tulpen", antwortete Ilse ohne Umschweife.

„Oh", machte er leise. „Ich hätte wissen sollen, dass da was nicht stimmt."

„Was hat es mit den Tulpen auf sich?", fragte Ilse.

„Na ja, das ist jetzt so ungefähr zweieinhalb Wochen her, würde ich sagen, vielleicht auch drei. Das müsste ich nachsehen", sagte er und deutete auf eine Sitzgruppe aus drei filigranen Gartenstühlen an einem Tisch, der mit einem bunten Gesteck geschmückt war. „Als ich morgens nach unten kam, da lag da ein Umschlag mitten im Laden. Er war nicht beschriftet und er fühlte sich ziemlich dick an. Als ich den Umschlag öffnete, fielen ein Schreiben und zwanzig Hunderter heraus. Zweitausend Euro. Das Schreiben bestand aus exakten Anweisungen, dass ich zehn Tage lang jede Nacht einen Strauß aus schwarzen Tulpen vor einem Wohnwagen auf einem Campingplatz in Zuiderdijk ablegen sollte, und zwar ganz klammheimlich, damit mich niemand sieht. Es stand sogar drin, wo ich den Wagen abstellen sollte, damit er niemandem auffällt. Ich sollte zehn Tulpen abliefern, dann neun, dann acht, und am zehnten Tag eine einzelne Tulpe. Natürlich alles schwarze Tulpen."

„Und dann?"

„Dann was?", fragte er und sah Ilse verständnislos an.

„Was war am elften Tag? Was sollten Sie da machen?", hakte sie nach.

„Ich? Gar nichts mehr. Das Ganze sollte eine spezielle Überraschung für einen ganz besonderen Menschen sein. Ich sollte dabei keine Rolle spielen, außer dass ich die Tulpen liefern sollte."

„Und Sie haben sich nichts dabei gedacht, dass Ihnen jemand zweitausend Euro zahlt, damit Sie ein paar Tulpen von hier nach Zeeland fahren?", warf Jenny ungläubig ein.

Doesman schüttelte den Kopf. „In dieser Branche habe ich schon so viele Verrücktheiten erlebt, vor allem von Leuten, die so viel Geld haben, dass sie nicht mehr wissen, wofür sie es ausgeben sollen. Da rangieren zweitausend Euro für mysteriöse Blumensträuße noch immer am unteren Ende der Skala."

„Hat sich der Auftraggeber anschließend gemeldet und sich bedankt?", wollte Ilse wissen.

„In gewisser Weise ja, auch wenn er es nicht ausdrücklich geschrieben hat."

„Wie soll ich das verstehen?"

„Na ja, ich habe vor ein paar Tagen zwei neue Aufträge bekommen", sagte er. „Wieder jeweils zehn Tage lang schwarze Tulpen, jeden Tag eine weniger. Für mich sieht das so aus, dass man mit meiner Arbeit zufrieden war."

„Zwei Aufträge?", rief Jenny verblüfft. „Sie sollen nicht nur Daphne Bevers Tulpen bringen? Wer ist denn der dritte?"

„Das muss ich nachsehen", sagte Doesman und stand auf. „Den dritten Auftrag soll ich erst fünf Tage nach der letzten Lieferung beginnen."

„Das heißt, Sie haben noch alle Begleitschreiben?“, fragte Ilse.

„Ja, ich habe die Umschläge, die Schreiben und das Geld alles noch hier“, antwortete er und ging zur Theke, dann kniete er sich hin und kramte in einer der unteren Schubladen. Gleich darauf kam er mit drei mittelgroßen weißen Umschlägen zurück und legte sie auf den Tisch. „Das sind sie.“

Ilse zog Einweghandschuhe an, was der Blumenhändler mit einer hochgezogenen Augenbraue kommentierte. Sie holte den Brief heraus, las ihn durch und hielt ihn so hin, dass Jenny den Text ebenfalls lesen konnte. Dann zählte sie die Scheine. „Zwanzig Hunderter.“ Als ihr Jennys irritierter Blick auffiel, fragte sie: „Stimmt was nicht?“

„Ich weiß nicht“, murmelte sie und schüttelte den Kopf. „Da war gerade irgendein Gedanke, aber ... keine Ahnung, was das war. Vielleicht fällt es mir ja wieder ein.“

„Und es hat Sie gar nicht gestört, dass das komplett anonym gelaufen ist? Keine Zweifel daran, dass da irgendwas nicht stimmen kann?“

„Was hätte ich machen sollen? Ich wusste ja nicht, was geschieht, wenn ich den Auftrag nicht annehme“, verteidigte er sich. „Es gibt keinen Absender, also habe ich keine Möglichkeit, dem Auftraggeber zu sagen, dass ich das nicht machen werde. Sollte ich vielleicht das Risiko eingehen, dass irgendein zwielichtiger Kerl mit seinen Bodyguards herkommt und mir den Laden demoliert, weil ich nicht auf seine Wünsche eingegangen bin? Außerdem sind das jedes Mal leicht verdiente zweitausend Euro ...“

„Die nicht mal in Ihren Einnahmen auftauchen", merkte Jenny ironisch an.

„Wie kommen Sie denn auf diese Idee?", gab er empört zurück.

„Weil Einnahmen dann in der Kasse verbucht werden, wenn sie eingenommen werden", sagte sie lächelnd. „Kein Geschäftsmann lässt wochenlang sechstausend Euro in bar in einer Schublade liegen, wenn er die übrigen Einnahmen abends zur Bank bringt."

Doesman warf ihr einen finsteren Blick zu.

Ilse nickte knapp. „Ich denke, das hätten wir damit auch geklärt." Sie fotografierte den Brief, den Umschlag und die Geldscheine, dann nahm sie sich den nächsten Brief vor. „Das ist der Auftrag für Daphne Bevers." Wieder machte sie Fotos und packte alles zusammen. „Schwarze Tulpen für Marjolein Dekkers."

„Eine Nachbarin meiner Freundin Babette", sagte Jenny prompt. „Ja, das ist auch kein Problem, nachts einen Strauß Tulpen vor die Tür zu legen, ohne gesehen zu werden. Interessant."

„Was ist interessant?", fragte Ilse sofort. „Gibt es eine Verbindung zu Hansen oder Bevers?"

„Dazu kann ich nichts sagen", erwiderte sie. „Aber Marjolein Dekkers ist die Einzige auf dieser Straßenseite, die keinen Bewegungsmelder und keinen Scheinwerfer hat, der nachts den Vorgarten taghell erleuchtet."

„Hm, das ist allerdings interessant", murmelte die Polizistin. „Hat er sie deswegen ausgesucht? Oder ist das nur ein Zufall?"

„Nachdem Sie mir jetzt so viele Fragen zu den Umschlägen und den Tulpen gestellt haben, würde ich auch gern mal etwas fragen", meldete sich Doesman zu Wort, der ein wenig frustriert der Unterhaltung seiner beiden Besucherinnen zugehört hatte, da er ihnen nicht hatte folgen können.

„Nur zu", forderte Ilse ihn auf.

„Welches Verbrechen wird mir eigentlich vorgeworfen? Was ist ungesetzlich daran, auf einen ausgefallenen Kundenwunsch einzugehen?", fragte er. „Und kommen Sie mir nicht mit den sechstausend Euro in der Schublade. Dass ich das Geld so einstecken wollte, ist eine üble Unterstellung."

„Die Argumentation von Mevrouw van Oosterburg ist durchaus gerechtfertigt", machte Ilse ihm klar. „Wenn hier jemand einbricht und sechstausend Euro mitnimmt, die in einer Schublade, aber nicht in einem Safe oder zumindest in der Kasse liegen, wird Ihre Versicherung für diesen Verlust nicht aufkommen. Für mich ergibt das keinen Sinn, es sei denn, Sie wollten das Geld tatsächlich nicht als Einnahme verbuchen." Als er zu einem erneuten Protest ansetzen wollte, hob sie warnend einen Finger. „Meneer Doesman, mich interessiert nicht, ob Sie alle Einnahmen ordentlich versteuern oder nicht. Ich bin aus einem anderen Grund hier, aber wenn Sie weiterhin so energisch protestieren und von Unterstellungen reden, werde ich einen guten Bekannten ansprechen, der bei der Steuerfahndung arbeitet und der sich immer über Tipps freut, wo möglicherweise nicht sauber abgerechnet wird." Sie lächelte ihn kühl an. „Haben Sie verstanden?"

„Ja", kam die knappe Antwort.

„Gut. Dass wir uns an Sie wenden, liegt einfach daran, dass der erste Empfänger Ihrer Tulpenlieferung einen

Tag nach der Lieferung der einzelnen letzten Tulpe nachts in seinem Wohnwagen ermordet wurde“, sagte sie.

„Was?“, rief Doesman erschrocken, dann stutzte er. „Aber ... was soll das mit mir zu tun haben?“

„Vielleicht nicht mit Ihnen, sicher aber mit diesem Schreiben und mit dem Auftrag, schwarze Tulpen zu liefern. Es gibt da zweifellos einen Zusammenhang, dem wir noch auf den Grund gehen müssen. Ist Ihnen kurz vor dem ersten Umschlag oder in der Zeit danach irgendetwas Seltsames aufgefallen?“

Er zuckte hilflos mit den Schultern. „Ich wüsste nicht, aber ich habe auch keine Ahnung, was Sie darunter verstehen.“

„Haben sich Kunden eigenartig verhalten? Haben sie nur irgendwelche Fragen gestellt und sind dann wieder gegangen? Oder haben sie das am Telefon gemacht? Oder per Mail? Wollte jemand wissen, ob Sie auch besonders ausgefallene Wünsche erfüllen? Ob Sie auch in einem Radius von mehr als hundert Kilometern Blumen ausliefern?“, zählte sie auf. „Irgendetwas, das Sie heute mit diesen Umschlägen verbinden würden?“

„Nein, aber das muss auch niemand machen, weil sich rumgesprochen hat, dass ich außergewöhnliche Wünsche erfülle“, sagte er. „Sie müssen nur die Kommentare auf meiner Seite oder in den sozialen Medien lesen, dann wissen Sie sofort, dass ich jeden Spaß und jede schrullige Idee mitmache.“

„Sofern die Bezahlung stimmt“, warf Ilse ein.

„Ja, natürlich. Ich bin kein Wohlfahrtsverein, der aus reiner Nächstenliebe durchs halbe Land fährt“, erklärte er. „Meine Kunden haben ihre Gründe, warum sie einen Auftrag auf eine bestimmte Weise ausgeführt sehen möchten. Es ist nicht meine Aufgabe, nach den Gründen zu fragen, außer natürlich, mir käme irgendetwas extrem seltsam vor. Aber das war bei den schwarzen Tulpen nicht der Fall. Ich meine, was soll das Ganze überhaupt? Warum zehn Tage lang schwarze Tulpen liefern lassen, und am elften Tag wird der Empfänger umgebracht? Ich meine, das ist doch völlig absurd. Wenn damit jemandem ein Alibi verschafft worden wäre, würde ich das ja noch verstehen können. Aber so sitzt da einer in seinem Wohnwagen, bekommt zehn Tulpen geliefert, fragt sich, was das soll, und bekommt am nächsten Tag neun Tulpen geliefert. Dass das wie ein Countdown wirkt, war mir zwar klar, aber nicht, dass es ein Countdown zum Mord sein würde. Ich hätte eher auf eine Liebeserklärung oder einen Heiratsantrag getippt." Doesman schüttelte den Kopf. „Eines ist klar, ich werde die restlichen Tulpen nicht auch noch liefern. Ich will nicht auch noch mit zwei weiteren Morden in Verbindung gebracht werden." Er zeigte auf die Umschläge. „Und genau deshalb werde ich das Geld wieder in der Schublade deponieren, und wenn der Auftraggeber herkommt und mich zur Rede stellt, kann ich ihm sein Geld wiedergeben und ihm den Wind aus den Segeln nehmen."

„Das geht nicht", meldete sich Jenny zu Wort. „Wir wollen den Mörder überführen, wenn er am Tag nach der letzten Tulpe für Daphne Bevers bei ihr zu Hause auftaucht, um sie zu töten. Wir wissen nicht, ob der Mörder das Haus beobachtet und sich vergewissert, dass Sie auch wirklich die Tulpen liefern. Wenn Sie in der kommenden Nacht keinen Strauß vor die Tür legen, könnte dem Täter klar werden, dass wir ihm auf der Spur sind. Wenn das passiert, wird er nicht an dem Tag nach der letzten Lieferung versuchen, Daphne Bevers zu töten. Folglich wird er dann auch nicht in unsere Falle tappen."

Ilse nickte bedächtig. „Ja, das ist richtig. Der Auftraggeber darf keine Abweichung von seinem Plan feststellen, weil er diesen Plan sonst aufgibt."

Doesman zuckte mit den Schultern. „Also gut, wenn Sie meinen, dass Sie damit den Täter fassen können, dann mache ich eben weiter."

„Es ist auch in Ihrem Interesse, Meneer Doesman", fügte die Polizistin an. „Schließlich wissen wir nicht, wie der Täter im Hinblick auf Sie reagiert. So wie er weiß, dass sein Plan gescheitert ist, weiß er ja auch, dass Sie etwas damit zu tun haben. Da wir keine Ahnung haben, welchem Zweck das alles dienen soll, lässt sich auch nicht einschätzen, ob er herkommt und Sie tötet oder ob er sich damit begnügt, seine sechstausend Euro zurückzufordern."

„Da haben Sie wohl recht", murmelte er.

„Zumal Sie ihm das Geld gar nicht zurückgeben könnten, da ich es als Beweismittel in einem Mordfall beschlagnahmen muss", fuhr Ilse so beiläufig fort, dass Doesman einen Moment lang nur verständnisvoll nickte.

Dann aber riss er die Augen auf und sah die Polizistin ungläubig an. „Sie machen *was?*"

„Ich beschlagnahme bis auf Weiteres diese drei Umschläge mitsamt ihrem Inhalt", wiederholte sie. „Wenn sich herausstellt, dass es keinen Zusammenhang zwischen dem Mord und den Tulpenlieferungen gibt, erhalten Sie natürlich alles umgehend zurück."

„Wenn Sie das Geld nicht zurückbekommen", merkte Jenny in einem honigsüßen Tonfall an, „können Sie es ja immer noch als Verlust abschreiben. Ach, Unsinn", sagte sie dann in einem ermahnenden Tonfall und tippte sich an die Stirn. „Dafür hätten Sie es ja erst mal als Einnahme verbuchen müssen."

Wieder reagierte er mit einem giftigen Blick, während Ilse ihr Handy aus der Tasche holte. „Ich werde meine Kollegen hier vor Ort bitten, jemanden herzuschicken, damit die Beschlagnahme vor Zeugen erfolgt und es später nicht zu Unstimmigkeiten kommt", erklärte sie und wählte eine Nummer.

Doesman stand leise fluchend auf und ging zur Tür, um sich zu vergewissern, dass seine Mitarbeiter auch wirklich die richtigen Kränze einluden.

„Das war gemein", sagte Ilse leise an Jenny gewandt. „Das mit dem Verlust abschreiben, meine ich."

„Danke für das Kompliment", gab Jenny grinsend zurück.

8. Kapitel

Gegen zwei Uhr am Nachmittag waren Jenny und Ilse zurück in Zuiderdijk. Da der zivile Wagen nicht mehr angesprungen war, als sie sich auf den Rückweg hatten machen wollen, war Jenny bei Ilse mitgefahren. Vermutlich war der Defekt auch die Ursache dafür gewesen, dass der Akku des Funkgeräts auf einmal leer gewesen war, der über die Anschlüsse in der Halterung eigentlich hätte geladen werden müssen.

Auf Jennys privater Terrasse saßen Rainer und Wim Houtmans, vor ihnen auf dem Tisch lag eine Straßenkarte, die mit verschiedenen Markierungen versehen war.

„Hey, wie ist es gelaufen?", rief Rainer den beiden zu, die sich zu ihnen an den Tisch setzten. „Haben wir unseren Killer?"

„Noch nicht", antwortete Jenny und nickte Ilse zu, damit sie berichtete, zu welchen Erkenntnissen sie bislang gekommen waren und sie weiter vorgehen würden.

„Also heißt es abwarten, bis die letzte schwarze Tulpe geliefert wurde", sagte Wim. „Und dann schlagen wir zu."

„Sofern der Killer sich blicken lässt", sagte Jenny.

„Warum sollte er das nicht?", fragte Rainer. „Es läuft doch alles ganz nach seinem Plan."

Sie zuckte mit den Schultern. „Während der Rückfahrt haben wir hin und her überlegt, ob diese Tulpen
vielleicht nur ein Ablenkungsmanöver sind. Der Killer
schickt den Blumenhändler zehnmal zum Campingplatz, danach geht er selbst hin und bringt Knut Hansen um. Dann schickt er den Blumenhändler zehnmal
zum Haus von Daphne Bevers, und natürlich erwartet
jeder, dass der Killer am elften Tag bei ihr auftaucht,
um sie zu ermorden. Aber was ist, wenn wir das nur
glauben sollen? Vielleicht klingelt er am Tag nach der
letzten Tulpe irgendwo anders in Zuiderdijk und bringt
dort jemanden um.“

„Und was wäre dann mit dem dritten mutmaßlichen
Opfer?“, fragte Wim an seine Vorgesetzte gerichtet.
„Wen sollen wir dann beschützen? Schlägt er dann dort
zu, weil wir nach dem zweiten Mord woanders nach
ihm suchen?“

Ilse seufzte leise. „Genau darüber haben wir uns während der Fahrt auch den Kopf zerbrochen. Wir können
nicht die Bevölkerung in Angst und Schrecken versetzen, indem wir die Leute davor warnen, die Haustür
aufzumachen, wenn es klingelt. Wir können zwar ein
Dutzend Kollegen in Zivil über Zuiderdijk verteilen,
aber das reicht nicht, um jeden Straßenzug komplett
im Auge zu behalten und auf jeden aufmerksam zu
werden, der mitten in der Nacht unterwegs ist.“

Der Polizist nickte. „Problematisch würde es vor allem, wenn irgendwo jemand unterwegs ist und unsere
Kollegen sprechen ihn an, während der Killer ein paar
Meter weiter hinter einem Auto kauert und das beobachtet. Dann weiß er, dass etwas nicht stimmt, er zieht

sich zurück und kommt drei Tage später wieder her, wenn wir nicht mehr mit ihm rechnen."

„Richtig", sagte Ilse. „Wir können einfach nicht alle Variablen berücksichtigen. Daher halte ich es für das Sinnvollste, wenn wir trotz aller möglichen Vorbehalte wie gehabt vorgehen und darauf bauen, dass unser Killer am Tag nach der letzten Tulpe auftaucht, um Mevrouw Bevers zu ermorden. Wir werden ihm einen gebührenden Empfang bereiten, aber wir werden auch versuchen, den Rest von Zuiderdijk zu beobachten und auf verdächtige Personen möglichst unauffällig zu reagieren."

„Solange uns nicht wieder der Brandstifter dazwischenfunkt", ergänzte Jenny. „Das würde uns noch fehlen." Dann deutete sie auf die Straßenkarte. „Und was macht ihr beide da? Plant ihr eine Radtour rund um Zoutelande?"

„,Rund um' würde doch bedeuten, dass wir dann auf dem Wasser unterwegs sein müssten, oder?", gab Rainer grinsend zurück. „Das dürfte per Fahrrad ziemlich schwierig werden, nicht wahr?"

„Nicht, wenn du eine Taucherausrüstung mitnimmst", konterte sie grinsend. „Aber mal ernsthaft: Was seht ihr euch da an?"

„Die Brandstiftungen, von denen du gerade noch geredet hast", sagte Rainer und deutete auf Wim, aber der hob abwehrend eine Hand.

„Das war nicht meine Idee", erklärte er. „Ich habe es nur mit Rainer zusammen umgesetzt."

„Was war nicht Ihre Idee?“, wollte Ilse wissen, die skeptisch dreinschaute. „Und was haben Sie beide zusammen umgesetzt? Ich hoffe, das ist nichts Illegales, sonst will ich davon gar nicht erst etwas hören.“

Rainer lachte auf. „Ich glaube, Meteorologie ist nichts Illegales, auch wenn man vielleicht argumentieren könnte, dass Meteorologen notorische Lügner sind und dafür bestraft werden sollten.“ Er deutete auf die Karte. „Das hier sind die Brandstiftungen, die seit gut acht Wochen ganz Zoutelande in Atem halten. Wenn man sich die Karte ansieht, dann fällt eines auf …“

„Dass alle Ortschaften betroffen sind, nur Maagdkerke nicht“, unterbrach Ilse ihn und zeigte auf das Dörfchen zwischen Aagtekerke und Grijpskerke. „Zwar hat da im Januar das Hotel Zeezicht eröffnet, das keinerlei Seeblick hat, auch wenn der Name etwas anderes suggeriert, aber da ist bislang nicht ein einziges Auto in Flammen aufgegangen. Wir haben uns den Laden schon angesehen und mit den Leuten gesprochen, aber wir haben nichts Greifbares gegen sie in der Hand. Sie sagen, sie haben offenbar Glück, dass sich der Brandstifter nicht bis zu ihnen vorwagt.“

„Glauben Sie das?“, fragte Rainer.

„Nein, natürlich nicht“, sagte sie. „Aber wir haben bislang nichts gefunden, was die beiden Brüder, die das Hotel übernommen haben, mit den Brandstiftungen in Verbindung bringen könnte.“

Rainer nickte, als hätte er diese Antwort erwartet. „Nachdem ich Wim heute Mittag aus dem Krankenhaus abgeholt habe, sind wir auf dem Rückweg an diesem Hotel vorbeigefahren, und siehe da, auf dem Platz hinter dem Hotel standen siebzehn Wagen mit deutschen und acht mit belgischen Kennzeichen."

„Oh", machte Jenny. „Dabei hieß es doch, dass sie in einem halben Jahr wieder zumachen müssen, weil kaum jemand so weit vom Strand und Wasser entfernt übernachten will."

„Inzwischen ist es schon eine Kunst, im nächsten halben Jahr noch eine komplett freie Woche zu finden", sagte Rainer. „Hinzu kommt, dass das Hotel mehr positive Bewertungen hat, als in den letzten zweieinhalb Monaten dort überhaupt Gäste haben übernachten können. Bemerkenswert ist, dass viele angebliche Gäste betonen, wie sicher sie sich in diesem Hotel fühlen, während ja ringsherum alle paar Tage ein Touristenauto brennt."

„Hm, das ist zwar sehr dick aufgetragen und alles andere als glaubwürdig", fand Ilse. „Aber dass ein Hotel positive Bewertungen kauft, ist nichts Neues. Das ist allerdings nichts, wogegen wir von uns aus vorgehen können. Das fällt zwar unter Betrug oder unter unlauteren Wettbewerb, aber da müssen die anderen Hotels Anzeige erstatten."

„Zum unlauteren Wettbewerb gehört aber auch, dass dieses Brüderpaar auf die Verunsicherung der Touristen setzt", ergänzte Jenny. „Eigentlich ein Punkt mehr, der dafür spricht, dass sie mit den Bränden zu tun haben."

„Aber eben nichts, was in irgendeiner Weise als Beweis dienen könnte", betonte Rainer. „Nachdem wir ja letzte Nacht gesehen haben, dass der Brandstifter mit dem Fahrrad entkommen ist, habe ich angefangen zu grübeln, und dann fiel mir auf, dass diese Grafiken nur etwas darüber aussagen, wann und wo es gebrannt hat. Aber es gibt keinen Hinweis auf das jeweilige Wetter."

„Das Wetter?", wiederholte Ilse verständnislos.

„Ja, das Wetter", bestätigte Rainer. „Die roten Punkte bedeuten, dass es trocken und relativ warm war, als dort ein Auto angezündet wurde. Lila steht für trocken und etwas kühler. Grün für windig und kalt. Gelb für leichten bis mittleren Regen. Und blau für heftigen Regen mit und ohne Sturm."

„Rund um Maagdkerke sind die Punkte blau", sagte Jenny und zeigte auf den einen oder anderen.

„Und die am weitesten entfernten sind rot", ergänzte Ilse, die erstaunt die Augenbrauen hochzog.

„Mit einem Fahrrad zum ausgewählten Tatort zu fahren, ein Auto anzuzünden und dann mit dem Rad wieder in der Nacht zu verschwinden", sagte Rainer, „ist eine ideale Methode, nicht gesehen zu werden. Wenn das Rad überhaupt ein Kennzeichen hat, dann ist es zu klein, um es aus zehn oder fünfzehn Metern Entfernung entziffern zu können. Man kann auf dem Deich fahren, auf den Feldwegen, auf den Landstraßen und, und, und. Das Einzige, was Radfahren nicht zum Vergnügen macht, ist schlechtes Wetter. Wenn also unser Brandstifter bei schlechtem Wetter unterwegs ist, dann begnügt er sich damit, gleich um die Ecke ein Auto anzuzünden. Aber wenn es eine angenehme laue Nacht ist, dann kann man viel längere Strecken zurücklegen."

„Das ist ja genial, Rainer", sagte Ilse. „Der Brandstifter kann nur von Maagdkerke aus sein Unwesen getrieben haben."

„Danke", gab er lächelnd zurück. „Einen Haken hat meine Erkenntnis dennoch."

„Sie reicht nicht als Beweis", murmelte Ilse, die innerhalb von zwei Sekunden von freudestrahlend zu missmutig gewechselt hatte. „Damit können wir die Brüder nicht überführen."

„Ich weiß", sagte Rainer lächelnd und sah wieder Wim an. „Jetzt?"

„Neinneinnein", beharrte der. „Das war auch nicht meine Idee."

„Aber Sie finden sie gut."

„Das ja."

„Und Sie meinen, wir sollten so vorgehen."

„Das auch."

„Na, also, dann erzählen Sie es Ihrer Chefin", forderte Rainer ihn auf.

Schulterzuckend begann Wim: „Der Brandanschlag von letzter Nacht war so wie alle bisherigen so ausgeführt worden, dass niemand zu Schaden kommen konnte. Der Wagen stand so, dass die Flammen nicht auf andere Fahrzeuge oder auf Häuser übergreifen konnten."

„Aber es gab doch eine Explosion", wandte Ilse ein.

„Das ist richtig, aber die Spurensicherung hat im Kofferraum Überreste von etwas finden können, das nach einem Reservekanister aussah", erklärte Wim. „Das konnte der Brandstifter nicht wissen ..."

„Und da wird es jetzt gefährlich", sagte die Commissaris. „Der Kanister hätte auch größer sein können, dann hätte es einen großen Feuerball gegeben, und der hätte auf die Umgebung übergreifen können."

„Richtig", bestätigte der Wijkagent. „Genau das hat Rai... uns zu denken gegeben. Für den Brandstifter müsste es doch eine Katastrophe sein, wenn bei einem seiner Anschläge jemand ums Leben kommt."

„Das ist anzunehmen", sagte Ilse. „Sonst hätte er längst einen Wagen angezündet, der so dicht an einem Haus geparkt, dass die Flammen überspringen müssen."

„Genau, und deshalb schlagen wir vor vorzugeben, dass bei diesem Anschlag in der letzten Nacht jemand zu Tode gekommen ist."

Ilse zog die Augenbrauen zusammen. „Sie schlagen … was vor?"

„Einen Bluff", erklärte Rainer und zog sein Smartphone aus der Tasche, dann rief er ein Foto auf und zeigte es Ilse: „Darf ich vorstellen? Karl Müller aus Mönchengladbach."

„Das ist Ihr Werk?", fragte sie und grinste, als er bestätigend nickte. „Also ein Bluff."

Am Mittwoch war die Meldung, die am Abend zuvor von der Polizei herausgegeben worden war, immer noch das Gesprächsthema Nummer eins. „Und noch eine Schlagzeile", meldete Rainer, der nach dem Mittagessen seinen Laptop ausgepackt hatte, um zu sehen, wie weit sich die Meldung verbreitet hatte. „Brandstiftungen fordern erstes Todesopfer'", las er vor. „Deutscher Tourist in seinem Auto verbrannt' hätte ich auch noch anzubieten. Die Meldung zieht wirklich Kreise."

„Ich schätze, zwei Leute in der Gegend um Maagdkerke sind mit einem Mal sehr nervös", erwiderte Jenny und kam zu ihm, um ihm über die Schulter zu schauen. „Bestimmt zucken sie schon bei jedem Geräusch zusammen."

„Das wollen wir doch hoffen", sagte Jenny.

„Wann fahrt ihr hin?", wollte er wissen.

„Sobald Ilse hier ist, was in den nächsten drei Minuten der Fall sein dürfte. Sie will um zwei hier sein, und normalerweise ist sie ja sehr pünktlich, wie du weißt. Aber du kommst natürlich mit", gab sie zurück. „Du hast das zusammen mit Wim ausgeheckt, du sollst auch dabei sein, wenn hoffentlich alles nach Plan funktioniert. Und Wim natürlich auch."

„Wir sollen zu viert da reinspazieren?" Er sah sie ungläubig an.

„Na, klar. Je mehr wir sind, umso einschüchternder wirken wir auf die beiden." Jenny grinste ihn an. „Und das Schöne ist, dass ich die Visitenkarte vom Hotel Zeezicht behalten hatte, die sie mir nach der Eröffnung dreisterweise in den Briefkasten gesteckt hatten. Jetzt rächt sich das." Sie hörte jemanden reden und drehte sich um. „Ah, da ist sie ja zusammen mit Wim", sagte sie. „Pack deinen Laptop ein, sie will bestimmt so bald wie möglich losfahren."

„Bin schon dabei", entgegnete Rainer und fuhr den Rechner runter.

Gegen halb drei hatten sie das Hotel Zeezicht erreicht, Ilse bog auf den sehr großzügig bemessenen, aber auch erstaunlich gut belegten Parkplatz ein und stellte den Wagen in der Nähe des Eingangs ab. Das weiß gestrichene Bauwerk wirkte wie ein misslungener und auf halber Strecke aufgegebener Versuch, ein prachtvolles englisches Herrenhaus zu kopieren, der sich einer Beschreibung immer wieder zu entziehen versuchte. Die beiden Flügel des Hauses waren unterschiedlich hoch, setzten sich trotzdem nur aus Erdgeschoss und erstem Stock zusammen. Die breite Front wirkte durch das zu steile Dach extrem gedrungen, auf dem sich Dutzende kleiner Schornsteine befanden, zwischen denen die Abstände völlig unregelmäßig waren.

„Wäre das jetzt alles in Schwarz angestrichen, dann wäre das fast die perfekte Kulisse für einen neuen Film von Tim Burton", meinte Rainer, als sie ausgestiegen waren.

„Nur fast?", fragte Jenny amüsiert.

„Ja, die Fenster sind einfach zu symmetrisch", sagte er und folgte den anderen zum Eingang.

Gäste kamen ihnen entgegen und schlenderten in Richtung Parkplatz, um nach Westkapelle zu fahren oder eine der anderen Ortschaften anzusteuern, die den Strand zu bieten hatten, an dem es diesem Hotel fehlte.

„Eigentlich ist es kein Wunder, dass diese Brüder zu drastischen Maßnahmen gegriffen haben, um Gäste in ihr Haus zu locken", sagte Jenny, als sie das Foyer betraten, dessen Mobiliar mit einem wilden Stilmix aus den Jahren 1950 bis 2000 aufwartete. Was professionell gemacht sicher einen guten Eindruck gemacht hätte, wirkte hier so, als hätte man zusammengesucht, was wenig oder sogar überhaupt nichts gekostet hatte. „Dieser Bau steht mitten im Nirgendwo, zu Fuß ist der nächste Strand endlos weit entfernt. Und selbst wenn man den Versuch wagen wollte, müsste man auf der viel zu schmalen Landstraße gehen und ständig Angst haben, dass der nächste Wagen einen erwischt."

„Ich hoffe, Sie haben den beiden damit nicht Ihren Segen für die Brandstiftungen gegeben", raunte Ilse ihr zu. „Dann wäre ich nämlich schwer von Ihnen enttäuscht."

„Keine Sorge", versicherte Jenny ihr. „Ich wollte damit nur sagen, dass ich die Motivation nachvollziehen kann, ohne sie gutzuheißen."

„Dann bin ich ja beruhigt", sagte die Polizistin und ging vor der kleinen Gruppe her zur Empfangstheke, die aus drei kürzeren Theken zusammengesetzt worden war, von denen keine auch nur annähernd zur anderen passte und jede unterschiedlich hoch war.

Die Wintervoort-Brüder standen hinter der Theke und waren in irgendwelche Unterlagen vertieft. Der jüngere, Jacob, sah plötzlich auf und lächelte die vermeintlich neuen Gäste an, doch das Lächeln gefror ihm auf den Lippen, als er die Polizistin erkannte. Mit dem Ellbogen stieß er seinen Bruder Frans an, der mit einem gereizten Knurren reagierte und ihm einen verärgerten Seitenblick zuwarf. Er wollte sich wieder der Liste widmen, die vor ihm lag, da fiel ihm auf, wie seltsam sein Bruder dreinschaute. Er sah nach vorn, richtete sich dabei auf und ging gleich darauf vor Schreck einen Schritt nach hinten.

„Co-Commissaris?", stammelte er und sah sie mit weit aufgerissenen Augen an. „Was können wir für Sie tun?"

„Sich von mir wegen Mordes und Brandstiftung festnehmen lassen", gab sie mit der finstersten Miene zurück, zu der sie in der Lage war. „Wir haben nämlich das hier bei einem der ausgebrannten Autos entdeckt." Dabei hielt sie die Visitenkarte hoch, die Jenny ihr gegeben hatte.

Jacob versetzte seinem Bruder mit dem Ellbogen einen Stoß in die Rippen, der ihn aufstöhnen ließ. „Du nimmst Visitenkarten mit, wenn du ... wenn du unterwegs bist?", fauchte er ihn an, wobei es ihm gerade noch gelang, einen verräterischen Versprecher zu vermeiden.

„Blödsinn!", knurrte Frans ihn an. „So eine Visitenkarte sagt gar nichts aus. Die kann jeder auf dem Marktplatz verloren haben!"

„Grundsätzlich würde ich Ihnen ja recht geben, Meneer Wintervoort", erklärte Ilse geduldig. „Allerdings hatte ich mit keinem Wort irgendeinen Marktplatz erwähnt. Wie erklären Sie sich, dass Sie wussten, wo die Karte gefunden wurde, wenn ich doch gar nichts davon gesagt habe."

„Dann müssen Sie eben irgendwas falsch verstanden haben, was ich gesagt habe", gab er ungehalten zurück.

Sie lächelte ihn milde an. „Stellen wir das doch für den Augenblick mal zurück, Meneer Wintervoort. Sie haben sicherlich die Nachrichten gehört, richtig?"

„Kann sein, aber worauf wollen Sie hinaus?", antwortete der ältere Bruder ausweichend.

„Auf das hier", sagte sie und hielt ihm ihr Smartphone hin, auf dem das Foto zu sehen war, das Rainer ihr am Vortag gezeigt und dann überlassen hatte.

„Oh mein Gott!", flüsterte Jacob voller Entsetzen, als er erkannte, dass er einen bis zur Unkenntlichkeit verkohlten Leichnam vor sich hatte. Der Schreck verwandelte sich in grenzenlose Wut, und er ging auf seinen Bruder los, der von der Attacke völlig überrascht wurde und bei jedem Fausthieb gegen Arm oder Oberkörper ein Stück zurückwich. „Du Vollidiot! Du hast gesagt, du passt auf, damit niemandem etwas zustößt! Das hast du gesagt! Und jetzt? Jetzt hast du einen Toten am Hals!"

„Gar nichts habe ich am Hals", brüllte der ältere Bruder ihn an. „Die können mir überhaupt nichts nachweisen! Außerdem habe ich mir den Wagen so gründlich angesehen wie jeden anderen! Da hat niemand im Wagen gelegen und geschlafen. Die wollen mir nur was anhängen! Ich weiß, dass der Wagen sauber war!"

„Ach ja? Und woher kommt dann die verkohlte Leiche?", gab Jacob zurück. „Meinst du, die liegen einfach irgendwo auf der Straße rum?"

„Für wie dämlich hältst du mich denn? Ich habe noch nie einen Wagen angezündet, in dem sich ein Mensch befunden hat!"

„Dann war das jetzt wohl deine Premiere! Herzlichen Glückwunsch, du Schlaukopf!", fauchte Jacob. „Weißt du, was uns blüht, wenn die Polizei davon ..." Mitten im Satz verstummte er und drehte langsam den Kopf nach rechts.

Ilse lächelte ihn freundlich an, dann sah sie Rainer an. „Kompliment. Ich hätte nicht gedacht, dass das so einfach wird."

Rainer zuckte mit den Schultern. „Anfängerglück", erwiderte er mit einem Augenzwinkern.

Die beiden Brüder standen kreidebleich da und schauten drein, als würde gerade ihr ganzes Leben vor ihrem inneren Auge ablaufen. Frans Wintervoort räusperte sich und drehte sich zu der Gruppe vor der Theke um.

„Commissaris", sagte der ältere Bruder in flehendem Tonfall. „Sie müssen mir glauben, dass ich das nicht wollte. Ich schwöre Ihnen, ich habe mir den Wagen ganz genau angesehen, so wie jeden anderen auch. Ich habe immer darauf geachtet, dass niemandem was passieren kann. Ich habe mir jedes Mal nur die Autos ausgesucht, die abseits standen, damit nichts anderes ringsherum Feuer fangen kann. Wir wollten doch nur die Touristen dazu bringen, dass sie Angst um ihre Autos haben und sich bei uns einquartieren. Dass niemand in einem Hotel übernachten will, von dem aus man erst noch zum Strand fahren muss, um Wasser zu sehen, konnten wir doch nicht wissen. Wir sind von diesem Makler komplett übers Ohr gehauen worden, der hat uns gefälschte Bilanzen vom Vorbesitzer vorgelegt! Wir mussten doch irgendwas tun, um hier nicht unterzugehen! Wissen Sie, was wir jeden Monat an Krediten zurückzahlen müssen?"

„Also haben Sie sich überlegt, dass Sie einfach hingehen und die Autos von Touristen anzünden, damit die nächsten Touristen sagen: ‚Uuh, in Westkapelle und Zuiderdijk übernachten wir nicht mehr, weil wir nicht wissen, ob wir morgen noch ein Auto haben. Aber das Hotel Zeezicht können wir nehmen, da geht nie was in Flammen auf.'"

„Ähm, ja, Commissaris", antwortete Frans kleinlaut. „Ungefähr so haben wir uns das gedacht."

„Dass Sie so dumm waren, einem windigen Makler zu glauben, der Ihnen gefälschte Bilanzen vorlegt", herrschte Jenny die beiden Brüder an, „und der Ihnen verschweigt, dass dieses Haus zum letzten Mal 1931 als Hotel genutzt wurde, gibt Ihnen nicht das Recht, die anderen Hotels und Pensionen um ihre Gäste zu bringen und die Autos von Touristen abzufackeln! Ist Ihnen eigentlich klar, welchen Schaden Sie damit dem Tourismus in Zeeland insgesamt zufügen? Was glauben Sie, wie viele Urlauber gar nicht mehr nach Zeeland kommen wollen, nur weil sie fürchten müssen, dass ihr Auto morgens ausgebrannt ist?"

Frans senkte betreten den Blick. „Das tut mir leid, Mevrouw van Oosterburg. Ich habe nur gesehen, dass uns das Wasser nicht nur bis zum Kinn, sondern schon bis zur Nase steht, und ich ... Mir ist nichts anderes eingefallen, wie man die Touristen aus den anderen Dörfern weglocken könnte."

Jenny wandte sich aufgebracht an Ilse. „Können Sie veranlassen, dass diese beiden eine öffentliche Erklärung abgeben, damit alle Touristen wissen, dass sie wieder nach Zeeland kommen können, ohne um ihre Autos bangen zu müssen?"

„Das wird sich arrangieren lassen", versicherte die Polizistin ihr und wandte sich wieder an das Brüderpaar. „Ich verhafte Sie hiermit beide wegen Brandstiftung in mindestens fünfzehn Fällen und wegen Beihilfe zur Brandstiftung." Sie gab Wim Houtmans ein Zeichen, der daraufhin mit zwei Paar Handschellen um die Theke herumging.

„Wieso nur wegen Brandstiftung?", fragte der jüngere Bruder verwundert. „Was ist mit dem Toten? Sie haben doch von Mord gesprochen."

„Hast du eigentlich überhaupt keinen Verstand?", fauchte Frans und verzog ächzend den Mund, da der Polizist ihm die Handschellen anlegte. „Musst du sie auch noch daran erinnern?"

„Das war ein Versprecher, Meneer Wintervoort", sagte sie lächelnd.

„Aber das wurde doch im Fernsehen und im Radio und im Internet gemeldet!"

„Hm, das muss eine Falschmeldung gewesen sein“, wehrte sie ab.

„Und das Foto, das Sie uns gezeigt haben? Die verkohlte Leiche?“, beharrte der jüngere Bruder.

„Das Foto?“, wiederholte sie und nickte flüchtig. „Ich wollte Ihnen doch nur zeigen, was für ein hervorragender Maskenbildner mein Bekannter Rainer Trompeter ist. Hatte ich das nicht erwähnt?“

„Das ist richtig, das ist mein Werk. Das ist ein Foto eines Brandopfers, das ich für einen Film angefertigt habe“, warf Rainer stolz ein. „Es freut mich, dass Sie es für echt gehalten haben.“

Jacob Wintervoort kniff die Lippen zusammen und sagte nichts mehr. Offenbar war ihm klar geworden, dass Ilse ihnen beiden eine Falle gestellt hatte, wie sie simpler nicht hätte sein können. Und sie beide waren blindlings hineingelaufen.

„Aber was wird jetzt aus unserem Hotel?“, rief Frans, als der Polizist ihn abführte.

„Das wird wohl vorübergehend geschlossen bleiben“, sagte Ilse so beiläufig, als sei das das Belangloseste, was sie sich vorstellen konnte.

„Und unsere Gäste? Sie können uns doch nicht einfach mitnehmen und die Leute ratlos zurücklassen!“, protestierte der jüngere Bruder.

„Machen Sie sich da mal keine Sorgen“, versicherte ihm Jenny und lächelte beschwichtigend. „Ich werde bis heute Abend hierbleiben und allen Gästen helfen, ein Zimmer in den Hotels und Pensionen ringsum zu buchen, die unter Ihrer genialen Marketingidee gelitten haben.“

Beide Brüder riefen noch etwas, aber Wim schob sie weiter vor sich her in Richtung Ausgang, sodass nicht mehr zu verstehen war, was sie ihr hatten mitteilen wollen.

Ilse stand da und schüttelte den Kopf.

„Stimmt was nicht?", fragte Jenny.

„Ich bin nur erstaunt, wie glatt das alles gelaufen ist", sagte sie. „Ich glaube, auf diese Weise hat in meiner Gegenwart noch niemand ein Geständnis abgelegt."

„Es gibt halt für alles ein erstes Mal", meinte Rainer und betrachtete versonnen sein Smartphone, auf dem das Foto der verkohlten „Leiche" zu sehen war. „Verdammt gute Arbeit", sagte er zufrieden.

„Glatt?", murmelte Jenny und zog die Augenbrauen zusammen, da sie angestrengt nachdachte. Plötzlich hellte sich ihre Miene auf, und sie klatschte in die Hände. „Das war es!"

„Was war was?", fragte Ilse irritiert.

„Sie sagten gerade, wie glatt das alles gelaufen ist", erklärte Jenny. „Und jetzt ist mir eingefallen, was mich an den Umschlägen so gestört hat, die der Blumenhändler uns gezeigt hat."

„Die Umschläge? Was soll damit gewesen sein?"

„Sie haben doch alles fotografiert, bevor Sie die Umschläge und das Geld beschlagnahmt haben", sagte Jenny. Als die Polizistin nickte, fragte sie: „Haben Sie die Fotos noch auf Ihrem Handy?"

„Ja, natürlich", sagte Ilse, holte das Telefon aus der Tasche und suchte die Fotos heraus, dann ließ sie sich eines davon anzeigen.

Jenny legte das Handy auf die Theke und vergrößerte das Bild. Nachdem sie es ein paar Mal hin und her bewegt hatte, rief sie: „Das ist es! So kriegen wir den Mörder!“

„Was ist was?“, wollte die Polizistin wissen. „Und wieso kriegen wir den Mörder?“

„Sehen Sie sich die Umschläge und die Scheine an“, sagte sie. „Du auch, Rainer.“

„Ich weiß nicht, worauf Sie hinauswollen, Jenny“, erklärte Ilse schließlich.

„Du hast eben von glatt gelaufen gesprochen“, überlegte Rainer. „Wenn ich mal annehme, dass es um das ‚glatt‘ geht, dann könnte ich dazu nur sagen, dass die Geldscheine ebenfalls so glatt wie frisch aus dem Automaten sind. Aber wo jetzt da der Zusammenhang ist … keine Ahnung.“

„Die Geldscheine sind tatsächlich so glatt, dass der Mörder sie am Geldautomaten gezogen haben dürfte“, führte Jenny aus. „Die Umschläge, in denen sie steckten, sind aber in der Mitte gefaltet. Da die Scheine nur längs in diese Umschläge passen, kann unser Unbekannter sie erst später in die Umschläge gesteckt haben, nachdem die Begleitschreiben bereits in den Umschlägen waren. Denn die Schreiben sind einmal geknickt, ganz im Gegensatz zu den Scheinen. Wenn der Auftraggeber nicht unnötig lange mit zweitausend und viertausend Euro in der Tasche unterwegs sein wollte, dann hat er die Briefe zu Hause in die Umschläge gesteckt und dann die Umschläge einmal geknickt, weil sie sonst zu groß für eine Jackentasche sind. Kurz vor dem Blumenladen ist er dann zu einer Bank gegangen, hat beim ersten Mal zweitausend Euro, beim zweiten

Mal viertausend Euro abgehoben, und dann hat er die Scheine in die auseinandergefalteten Umschläge gesteckt, um die unter der Tür des Blumenladens hindurchzuschieben. Zwanzig Scheine tragen ziemlich auf, deshalb wäre es unpraktisch gewesen, die Umschläge anschließend wieder zu falten und in die Tasche zu stecken. Wenn es nur ein paar Meter von der Bank bis zum Blumenladen sind, ist das nicht ganz so riskant, wie mit einem Geldumschlag in der Hand durch die halbe Stadt zu laufen."

Ilse zog eine Augenbraue hoch. „Das ist ... dazu angetan, mich um meinen Job zu bringen."

„Bitte?", fragte Jenny erschrocken.

„Na ja, warum soll der Staat das Gehalt für eine Polizistin bezahlen, wenn Sie den Fall genauso gut lösen können?", gab sie grinsend zurück.

„Dann ... halten Sie meine Theorie für möglich?"

„Sogar für wahrscheinlich", sagte sie. „Hören Sie, ich muss dafür eine Weile herumtelefonieren, außerdem ..." Sie sah auf die Uhr auf dem Display. „Außerdem haben wir fast halb vier, da werde ich ohnehin in keiner Bank mehr jemanden erreichen. Okay, machen wir es so: Ich werde versuchen, heute so viel wie möglich in die Wege zu leiten, damit wir morgen so früh wie möglich erfahren, wer das Geld abgehoben hat. Wenn das so zügig geht, wie ich es mir erhoffe, dann werde ich gegen Mittag nach Zuiderdijk kommen und Ihnen den Mörder präsentieren."

„Morgen Mittag ist okay", entgegnete Jenny. „Ich bin heute sowieso erst noch damit beschäftigt, alle Gäste umzubuchen, damit wir hier erst mal die Lichter ausmachen können."

„Danke, Jenny, ich weiß das zu schätzen“, sagte Ilse und drückte ihre Hand.

Mit einem Augenzwinkern erwiderte Jenny: „Ganz so uneigennützig bin ich ja auch wieder nicht. Ein oder zwei Gäste werde ich bestimmt für meine Pension abzweigen.“

„Das haben Sie sich ja auch mehr als verdient“, sagte die Polizistin. „Wir sehen uns morgen.“

„Was soll das geben?“, fragte Victor Vissers, als Ilse ihm am Mittag des nächsten Tages ein Tablet auf die Theke legte. Seine Freundin Wilma stand daneben und verfolgte das Geschehen.

„Wir möchten Ihnen nur einen Film zeigen“, sagte die Polizistin, „der Sie interessieren dürfte.“

Sie tippte auf das Wiedergabesymbol, dann war zu sehen, wie ein Mann mitten in der Nacht den Vorraum einer Bank betrat, zu einem der Automaten ging und Geld abhob. Aus der Innentasche seiner Jacke zog er einen Umschlag, den er auseinanderfaltete, dann die Geldscheine hineinsteckte und die Schutzfolie abzog, um den Brief zu verschließen. Danach verließ er die Bank.

In der rechten unteren Ecke des Bildschirms war parallel das Bild der Kamera im Geldautomaten zu sehen, das den Mann von vorn zeigte, wie er die Karte einführte, den Betrag auswählte und die Geheimzahl eingab.

„Und?“ Vissers sah Ilse und Jenny verständnislos an. „Was soll das?“

„Das sind Sie auf diesen Aufnahmen“, sagte die Polizistin. „Das ist Ihnen doch klar, oder?“

Er zuckte mit den Schultern. „Ja, das ist mir klar. Ich habe Geld abgehoben. Und?“

„Diese Aufnahme entstand am 8. März, um fünf Minuten vor Mitternacht“, erklärte Ilse. „Und zwar in einer Filiale der ING-Bank in Breda, keine fünfzig Meter von der Blumenhandlung von Henk Doesman entfernt, der am nächsten Morgen genau diesen Umschlag in seinem Geschäft vorfand. In dem Umschlag befanden sich zweitausend Euro und ein Schreiben mit dem Auftrag, in den folgenden zehn Nächten jeweils einen Blumenstrauß mit zunächst zehn, dann neun, dann acht und letztlich einer einzelnen schwarzen Tulpe vor dem Eingang von Knut Hansens Wohnwagen abzulegen. Am darauffolgenden Tag wurde Hansen nachts in seinem Wohnwagen ermordet.“

„Ich stecke auf diesen Bildern ein paar Hunderter in einen Umschlag“, sagte er. „Ich wüsste nicht, was das mit einem Blumenladen und dem Mord an Knut zu tun haben sollte.“

„Wenn man genau hinsieht, kann man sogar erkennen, dass Sie Einweghandschuhe tragen, mit denen Sie die Geldscheine herausnehmen, die Sie anschließend in den Umschlag stecken“, fuhr die Polizistin fort. „Machen Sie das immer, wenn Sie irgendwo Geld abheben?“

„Natürlich. Ist viel hygienischer“, gab er zurück und zeigte sich wenig beeindruckt. Tatsächlich wirkte es sogar so, als würde es ihn amüsieren, wie Ilse versuchte ihm etwas nachzuweisen, was sie ihm seiner Meinung nach gar nicht nachweisen konnte.

„Am 25. März“, fuhr sie ungerührt fort und tippte auf eine andere Datei, ein weiterer Mitschnitt wurde wiedergegeben, „wiederholt sich das Spielchen, diesmal mit zwei Umschlägen mit je zweitausend Euro, die am nächsten Morgen von Henk Doesman gefunden werden, der laut der Begleitschreiben wieder nachts zehnmal Tulpen ausliefern soll. Diesmal sind die Empfänger zwei Frauen hier ein Zuiderdijk, die mit dem Mordopfer in keiner Weise in Verbindung stehen.“

„Tja, vielleicht sollten Sie dann auf der Lauer liegen, wenn diese Frauen ihre letzte Tulpenlieferung erhalten. Bestimmt werden sie dann Besuch von demjenigen erhalten, der sie auch noch umbringen will“, meinte Vissers und gab sich betont gelangweilt. „Was das mit mir zu tun haben soll, weiß ich wirklich nicht. Ich habe eben zweimal Geld in Breda abgehoben, weil ich da unterwegs war und Geld brauchte. Das ist kein Verbrechen. Oder wollen Sie mir auch noch andere Morde anhängen, nur weil ich gerade mal irgendwo Geld abgehoben habe?“

„Nein, weil Sie seit über vier Jahren Ihre Karte gar nicht mehr dazu nutzen, um Geld abzuheben, Meneer Vissers“, sagte Ilse. „Sie zahlen mit Karte, egal wo und wann und für welchen Betrag. Sie haben sogar in einem stadtbekannten Bordell in Den Haag mit Karte bezahlt, weil Anonymität für Sie kein Thema ist. Da, wo Sie sind, zahlen Sie mit Karte, weil jeder wissen darf, dass Sie dort waren. Aber bei diesen zwei Gelegenheiten gibt es für Sie einen Grund, dass niemand erfährt, wer Sie sind. Weil es um einen Mord geht. Um den Mord an Knut Hansen.“

„Die beiden Frauen, denen die nächsten Tulpensträuße geliefert werden sollten, waren nur ein Ablenkungsmanöver“, übernahm Jenny von der Polizistin. „Keine von den beiden sollte sterben. Sie haben den Blumenhändler da nur hingeschickt, um die Polizei in die Irre zu führen. Die Polizei sollte sich darauf konzentrieren, bei Knut und den Frauen nach einer Gemeinsamkeit zu suchen, die gar nicht existierte.“ Sie sah den Mann eindringlich an, der sich nach wie vor ein triumphierendes Lächeln zu verkneifen schien. „Ich würde sagen, Knut Hansen war Ihnen im Weg, und weil der kerngesunde Vierundachtzigjährige einfach keine Anstalten machte zu sterben, haben Sie nachgeholfen.“

„Ich werde mal vorsorglich meinen Anwalt prüfen lassen, ob Ihre Ausführungen unter üble Nachrede fallen, Jenny“, sagte er und strahlte pure Gelassenheit aus. „Was alles andere angeht, sieht es so aus, dass ich zweimal in Breda bei einer Bank war und Geld abgehoben habe. Es gibt offenbar keine Zeugen, die mich dabei beobachtet haben, wie ich das Geld angeblich irgendeinem wildfremden Blumenhändler unter der Tür durchgeschoben habe. Es gibt keine Zeugen, die mich gesehen haben wollen, wie ich angeblich Knut umbringe. Was genau haben Sie gegen mich in der Hand?“

„Was haben Sie mit den abgehobenen Beträgen gemacht?“, wollte Jenny wissen.

„Ausgegeben“, antwortete er grinsend. „Oder ist das ein Verbrechen?“

„Wo und wann?“, hakte sie nach.

„Finden Sie es doch heraus", konterte er amüsiert. „Sie spielen hier doch schließlich Miss Marple und Miss Marple."

„Okay, das reicht", meldete sich plötzlich Wilma zu Wort. „Es stimmt, was Sie sagen, nämlich dass er Knut loswerden wollte. Damit liegt er mir schon seit zwei Jahren in den Ohren."

„Halt gefälligst die Klappe", fuhr Vissers sie an.

„Ich halte nicht die Klappe, weil ich mir von einem Mörder nichts sagen lasse", gab sie energisch zurück. „Ich würde die Klappe halten, wenn du versucht hättest, den Vertrag zu kündigen, den dein Großvater mit ihm geschlossen hatte. Ich würde auch die Klappe halten, wenn du zu einem Anwalt gegangen wärst, damit der einen Weg findet, wie du Knut von diesem Platz bekommst. Bei allem, was legal gewesen wäre, hätte ich die Klappe gehalten. Aber nicht bei Mord."

„Du sagst jetzt überhaupt nichts mehr, ist das klar?", herrschte Vissers sie an.

„Lassen Sie sie reden, Meneer Vissers", ging Ilse dazwischen. „Ich möchte mir anhören, was Ihre Freundin zu sagen hat."

„Dieses Weib redet nur Unsinn", knurrte er.

„Ach, dann ist es auch Unsinn, dass du aus dem einen Stellplatz gleich vier Stellplätze für Wohnmobile machen könntest?", redete sie unbeirrt weiter. „Und dass du im Jahr bis zu sechsundfünfzigtausend Euro kassieren könntest, nicht bloß die lumpigen zehn Gulden, die Knut dir jedes Jahr gibt, weil es so im Vertrag steht? Das ist auch Unsinn?"

„Sechsundfünfzigtausend Euro?", wiederholte Jenny irritiert und suchte auf ihrem Smartphone nach dem

Foto, das sie von dem rätselhaften Blatt inmitten von Knuts perfekt geordneten Papieren gemacht hatte. „Hier ist es. Sechsundfünfzig, also sechsundfünfzigtausend. Bei vier Wohnmobilen vierzehntausend Euro pro Fahrzeug. Das ist die vierzehn da oben.“

„Die vierzehntausend setzen sich auch aus neunzig Tagen Hauptsaison zu je fünfzig Euro und zweihundertsiebzig Tagen Nebensaison zu je fünfunddreißig Euro zusammen. Und da sind die Gebühren für Strom, Wasser und so weiter noch gar nicht mit drin“, erklärte Wilma. „Ich kann die Zahlen inzwischen auswendig, weil er sie mir so oft vorgebetet hat, wenn er wieder mal davon redete, wie viel ihn dieser ‚verdammte alte Kerl‘ kostete, der ‚einfach nicht krepieren‘ wollte. Seine Worte, nicht meine.“

„Was für ein Blödsinn!“, sagte Vissers und seufzte gelangweilt. „Davon habe ich nie geredet.“

„Doch, das hast du so gesagt“, beharrte sie und sah zu Jenny. „Ich nehme an, Sie haben den Zettel entdeckt, richtig?“

„Haben wir“, bestätigte sie. „Allerdings war er uns bislang ein einziges Rätsel. Jetzt natürlich nicht mehr.“

„Gut.“ Wilma lächelte zufrieden. „Das ist Victors Handschrift, wie Sie schnell feststellen werden, wenn Sie ein beliebiges Blatt danebenlegen, auf dem er auch so schludrig geschrieben hat. Ich hatte mich vor einer Weile in Knuts Wohnwagen geschlichen und das Blatt in einen der Ordner geklemmt.“

„Du hast mich hintergangen?“, flüsterte Vissers wutentbrannt. „Du hast von Anfang an vorgehabt, mich der Polizei zum Fraß vorzuwerfen, wie? Du bist doch wirklich immer nur auf deinen eigenen Vorteil aus, wie? Ich hätte auf deinen Ex-Freund hören sollen, als er mich vor dir gewarnt hat. Bei dem hast du auch jahrelang den Luxus genossen und ihn dann beim Finanzamt angeschwärzt, als er mit dir Schluss gemacht hat! Und mir willst du jetzt einen Mord anhängen und verteilst auch noch irgendwelche angeblichen Beweise, um mich zu belasten? Weißt du was? Du kannst deine Sachen packen und verschwinden!"

„Zum Fraß vorwerfen? Du wolltest doch den Mann loswerden, und je öfter du davon geredet hast, umso mehr habe ich mir Sorgen um Knut gemacht. Das mit dem Zettel war eine Vorsorge für den Fall, dass Knut etwas zustößt, was nicht nach einem natürlichen Tod aussieht", korrigierte sie ihn aufgebracht.

„Ein Zettel mit ein paar hingeschluderten Zahlen ist nun wirklich kein Beweis für irgendetwas", sagte Vissers abfällig und sah wieder Ilse an. „Oder glauben Sie ernsthaft, Sie könnten mir mit diesen ‚Beweisen‘ den Prozess machen?"

„Vielleicht hilft ihr ja die Aussage, dass du in der Nacht, in der Knut ermordet wurde, für eine Viertelstunde den Bungalow verlassen hast", legte Wilma mit einem falschen Lächeln auf den Lippen nach.

„Die nimmt dir kein Mensch ab, weil du nachts nicht mal aufwachst, wenn jemand neben dir steht und ein Maschinengewehr abfeuert", sagte er und lachte spöttisch.

„Wir hatten an dem Abend Fisch gegessen, und ich hatte schlecht geschlafen, weil mein Magen mir Probleme machte", antwortete sie gelassen. „Ich weiß, dass du mitten in der Nacht rausgegangen bist."

„Ich war nur unterwegs, weil ich draußen was gehört hatte", beharrte er.

„Und was haben Sie entdeckt?", wollte Ilse wissen.

„Gar nichts, vermutlich waren das ein paar streunende Katzen oder so."

„Und deshalb hast du anschließend eine halbe Stunde unter der Dusche gestanden?", fragte Wilma ungläubig.

Vissers schnaubte ungehalten und fauchte sie an: „Du kleine Schmarotzerin! Du zahlst keinen Cent für das Wasser, das du verbrauchst, wenn du hier duschst. Du bist noch nie auf die Idee gekommen, dich an irgendwelchen Kosten zu beteiligen oder wenigstens mal einen Einkauf selbst zu bezahlen. Also muss es dich nicht kümmern, warum ich wann wie lange duschen gehe, okay?" Wieder sah er Ilse an. „Oder ist eine nächtliche Dusche ein stichhaltiger Beweis für einen Mord?"

„Unter Umständen ja", sagte sie. „Wenn man zum Beispiel duscht, um das Blut abzuwaschen, das an den Fingern klebt, nachdem man einen Menschen erstochen hat. Ich denke, die Umstände rechtfertigen es, dass ich die Spurensicherung kommen lasse, damit die hier alles gründlich untersucht. Sie dürfen nicht vergessen, dass man auf dem Weg ins Haus und ins Badezimmer und dann im Badezimmer selbst noch alle möglichen Dinge anfasst, bevor man das Blut endlich abspülen kann."

„Die Mühe können Sie sich sparen", sagte Wilma schnippisch und ging nach hinten. „Bin gleich wieder da."

Vissers grinste herablassend. „Na, ich bin mal gespannt, welchen irrsinnig guten Trumpf sie jetzt noch aus Ärmel ziehen wird. Bestimmt präsentiert sie gleich einen blinden Geistlichen, der im Gebüsch gelauert hat und der mich jetzt allein anhand meiner Stimme als den bösen Menschen entlarven wird, der Knut umgebracht hat."

„Ich freue mich schon darauf, Ihr Gesicht zu sehen, wenn sie wirklich gleich diesen Geistlichen präsentiert, der Sie dann belastet", meldete sich Jenny zu Wort und grinste ebenfalls.

Wilma kam nach vorn, über einer Schulter trug sie jetzt eine große Umhängetasche, in der anderen Hand hielt sie eine durchsichtige Mülltüte, in der sich eine dunkelgrüne Plastiktüte befand. „Hier drin ist das T-Shirt, das er in der Nacht anhatte, als Knut ermordet wurde. Ich habe es am nächsten Morgen in diese Plastiktüte verpackt im Abfall gefunden. Ich hatte so ein seltsames Gefühl, dass da was nicht stimmt. Ich war mir aber nicht sicher, ob es Blut oder Farbe war. Mir war nur klar, dass Blut daran nicht von Victor sein konnte, weil er keine Verletzungen hatte. Ich konnte mir nicht erklären, was es damit auf sich hatte, aber ich wollte ihn auch nicht fragen, weil er das alles so klammheimlich gemacht hatte. Ich wollte ihm auch nicht einfach einen Mord unterstellen, weil ich dachte, dazu ist er bestimmt nicht fähig. Aber jetzt ... jetzt ist ja leider das eingetreten, was ich nicht wahrhaben wollte", erklärte sie und überreichte Ilse die Tüte in der Tüte. An Vissers gerichtet fügte sie giftig hinzu: „Das hast du dir übrigens selbst zuzuschreiben, weil du jedem endlos lange Vorträge hältst, wie wichtig Mülltrennung ist. Das T-Shirt im Müll wäre mir nicht aufgefallen, aber eine Plastiktüte, die in die gelbe Tonne gehört? Nicht sehr klug von dir, wenn du sonst jede Mülltüte auskippst und die Tüte säuberlich zusammengelegt in die gelbe Tonne wirfst."

Vissers sah sie an, als wollte er sich auf sie stürzen und sie erwürgen, aber Wilma war bereits um die Theke herumgekommen, um gar nicht mehr in Reichweite zu sein. Sie drückte Ilse einen Zettel in die Hand. „Wenn Sie noch Fragen haben, rufen Sie mich an."

„Wo willst du denn hin?", rief Vissers ihr hinterher.

„Das musst du mich erst noch fragen? Ich verlasse dich. Schließlich hast du selbst mich gerade doch eben rausgeworfen", erwiderte Wilma. „Nicht dass du glaubst, ich würde mich von dir einfach so wegschicken lassen, *Liebling.* Aber ich möchte ohnehin keinen Mörder zum Freund haben."

„Du falsche Schlange!", brüllte er, als sie den Empfangsbereich verließ. „Glaub nicht, dass du ungeschoren davonkommst! Das wird dir noch leidtun!"

Von draußen kam eine unverständliche Erwiderung, dann herrschte Ruhe.

„Tja, Meneer Vissers. Ich würde sagen, das war heute nicht Ihr Tag", sagte Ilse und winkte ihn nach vorn, damit sie ihm Handschellen anlegen konnte. „Ich verhafte Sie wegen des Mordes an Knut Hansen. Den Rest wird Ihnen Agent Houtmans erzählen, der Sie draußen in Empfang nimmt." Sie schob den Mann vor sich her, dann übernahm Wim ihn und brachte ihn zum Streifenwagen.

„Das war ja wieder mal ein voller Erfolg", meinte Jenny zufrieden, als sie der Polizistin nach draußen folgte.

„Den wir Ihnen zu verdanken haben", sagte Ilse und hob abwehrend die Hand, als Jenny widersprechen wollte. „Natürlich war Vissers auch ein möglicher Verdächtiger, und früher oder später hätten wir ihn genauer unter die Lupe genommen. Aber ich glaube nicht, dass einer von uns auf die glatten Scheine in einem geknickten Umschlag aufmerksam geworden wäre. Ohne die hätten wir kaum einen Grund gehabt, uns mit Vissers' Konto zu beschäftigen. Wahrscheinlich mit seinem Kontostand, um zu sehen, ob Geldnot als Motiv infrage kommt. Aber wir hätten nicht nach zwei Barauszahlungen an einem Automaten in Breda gesucht."

„Vielleicht, vielleicht auch nicht", sagte Jenny. „Mich freut es nur, dass der Mörder überführt werden konnte, auch wenn das den armen Knut nicht wieder lebendig macht. Seine regelmäßigen Besuche werden mir fehlen."

Ilse nickte nur stumm. „Kann ich Sie noch ein Stück weit mitnehmen?"

„Danke, das ist nicht nötig. Ich werde den kurzen Spaziergang genießen. Nach so viel Hektik kann ich ein paar Minuten Ruhe gut gebrauchen."

„Wie Sie möchten", sagte Ilse. „Wir sehen uns."

„Spätestens beim nächsten Fall."

„Ist das eine Drohung oder ein Versprechen?"

„Das wird sich dann zeigen", meinte Jenny augenzwinkernd und wandte sich zum Gehen.

ENDE